뱀파이어 립스틱

뱀파이어 립스틱

발행일   2018년 11월 9일

지은이   김 단   삽화   아린
펴낸이   손 형 국
펴낸곳   (주)북랩
편집인   선일영   편집   오경진, 권혁신, 최예은, 최승헌, 김경무
디자인   이현수, 허지혜, 김민하, 한수희, 김윤주   제작   박기성, 황동현, 구성우, 정성배
마케팅   김회란, 박진관, 조하라
출판등록   2004. 12. 1(제2012-000051호)
주소   서울시 금천구 가산디지털 1로 168, 우림라이온스밸리 B동 B113, 114호
홈페이지   www.book.co.kr
전화번호   (02)2026-5777   팩스   (02)2026-5747

ISBN   979-11-6299-385-9 03810 (종이책)   979-11-6299-386-6 05810 (전자책)

이 도서의 국립중앙도서관 출판예정도서목록(CIP)은 서지정보유통지원시스템 홈페이지(http://seoji.nl.go.kr)와
국가자료공동목록시스템(http://www.nl.go.kr/kolisnet)에서 이용하실 수 있습니다.
(CIP제어번호: CIP2018033135)

김단 에세이

뱀파이어 립스틱

흰 장미를 주렴.
어차피 내게 닿으면 붉게 번질 테니.

북랩 book Lab

나를 배웅하다 *See me off*

"책 제목이 왜 '뱀파이어 립스틱'인가요?"라고 물어오는 사람들이 종종 있다.

제목이 그러한 이유, 지금까지 보아 왔던 뱀파이어들이 나오는 영화나 책들에선 그들은 언제나 누군가를 아파하고, 누군가를 그리워하고 있었다. 그렇지 않은 영화나 소설도 있지만, 내가 보았던 대부분의 것들은 그러했다. 립스틱은 그 자신의 아픔과 그리움이 더 진하고 깊게 번져 가는 걸 의미하는 것.

세상에 단 하나밖에 없을 사랑은, 한 사람뿐만 아닌 수많은 사람들이 그 사랑을 지키며 살아가고 있다. 그들에게도 단 하나의 사랑이 되어 실화가 되어 가는 중일 것이다.

이 이야기는 그런 이야기의 시작.

전하고, 품으며, 그 사랑을 지키려 하는 이야기의 시작.

이야기에 마음이 나누어지지 않더라도 세월이 얼마만큼 흐르건 나와 같은 여정 위에 있는 사람이라면 이 이야기의 함께 한 말들을 반드시 알 수 있을 것이라고 생각한다.

오랜 후에도 나 역시 그들과 같을 테니까.

어느 날. 어느 시간에.

2011년

김단

C O N T E N T S

나를 배웅하다See me off_004

part 1
All of tears that I have

새벽, 그리고_016

바람과의 산책_017

가슴의 눈물 안에서_020

눈물을 위로한 빗방울의 눈물_022

그래, 괜찮다_023

기억을 추억에 담아 두면?_024

흐릿한 로망_025

행복해_026

새로운 만남, 가슴 죄어오는 눈물_027

잔해殘骸_028

조심조심_030

여전히 그때의 그리움은 남아,

앞으로도 그 그리움은 그대로Black root tree_032

아직 구석진 자리_035

하얀 절에서_037

미처만 가던 날의 끝에서 마주한 첫날에, 담아버린 피눈물_038

있잖아_040

그리움이 잠든 유리구두_041

지금 할 수 있는 거라곤_043

꿈에서도 난 네가 먼저야_044

하나_045

꽃피는 계절Saison Fleurie_046

200671709_047

part 2

La Tua Cantante

어째서 그리도_050

늦은 시각 친구와의 통화_051

Mutter_054

Wish_055

흩뿌려진 눈물만큼 만나게 될까?_056

기다렸는데, 지워진다_057

새 심장_058

보고 싶어서_059

오늘은 그래_060

그녀의 의지, 그녀가 원하는 것_061

아름다운 기억이 아파한 지금_062

기적이라 착각한 틀리지 않았던 우연_063

그래… 아직은 꿈에서만_065

회색빛 한숨_066

참는 거야… 동생아_067

가슴에 새긴 일기_070

각인刻印_071

누구나 그럴 거야… 같은 마음이라면_072

사소한 이야기_073

난… 미친 게 아니야, 당연한 거지_074

바람이 구름을 울렸다_076

part 3
La Tua Cantante II

당신을 달래던 눈물은 밤하늘에 있다_080

그래… 당신이 유일해_082

그 한마디_083

담아 보내 보기_084

이산마음_085

달이 그리해 줄 거야_086

끝을 알 수 없는 허기짐_087

다시 기억을 새기다_088

제발 조금만 더_089

?_090

해가 건넨 달과 별의 어루만짐으로 노을의 손을 잡고_091

그들과 나의 실화實話_093

우연한 날에 만난 다른 나_096

불려지지 못함에도 감사한 발걸음_097

넘치고 넘치다_098

그 계절 속에 겨우 흐릿한 차 한잔_100

모래 되어 부여잡는다_101

누淚_102

저 너머, 그곳엔_103

기다림 조각_104

아직… 아직이다_105

멍울져 가는 길_106

그때는… 그래 줄까?_107

part 4

Vampire Lipstick

눈물 향으로부터 시작되었던_110

바람을 마중 나온 산책_111

많은 날⋯ 많은 시간⋯ 하나를 위해 살아가고, 죽어간다_112

간청懇請_113

사랑[명사]_114

팽개쳐진 피눈물_115

그대 숨결을 담아내는 노래_116

술을 마시다가_117

붉어지면 허락되길_118

Vampire_119

프리지아_120

슬픔이 슬픔에게 눈물을 안겨_121

마지막 선택으로 얻은 마법_122

괜찮아? 괜찮아_123

그때⋯ 겁이 났었다_124

붉은 장미가 되어 주는 것_127

잠시만⋯ 나가 있어_128

당신은 안전해_129

젖은 편지_130

오직 나만이 미치는 성_131

볼펜과 나_132

손수건도 슬픈 거야_133

희미해도, 길을 잃지 않는다_134

멍청한 놈_135

왜 그래야 하는지_136

어떤 식으로든_137

part 5

Poison Espresso

이 꿈… 정말 싫다_140

잘 부탁해야지_141

그리운 거래_142

건조한 침묵_143

침묵의 용기_144

A light sleep_145

붉은 연못_146

스치고, 닿는데 아른거려. 그러곤 꿈을 꾸지_147

보지 못하는 게 어째서 더 덜 아픈 거지?_148

나에겐 그런 사람인데_149

평생 모자랄 사랑_151

화장을 지운다. 피에로는Démaquiller. Pierrot_153

그도 그랬을까?_154

유령의 그림자_155

추억의 안녕_156

서운한 마음낚시_157

설레던_158

행복한 어깨_159

차가운 낙서_160

Tears Orchestra_161

RED & BLACK LOVE_162

정말로 그랬어_163

착한 위선_164

당신이 사무친다_165

슬픈 멋진 작곡가_166

먼 안부_167

착각?_168

여전히 그때의 분홍빛에_170

어느 날_172

눈물의 기억_173

지금도 내 심장은 그래_174

빙의_175

애달픈 새김_176

폴라로이드_177

기차가 느리면 위로가 돼_178

피 묻은 입술Blood stained lips_179

망각의 강The river of oblivion_180

원해서 하는 일_181

Lucid Dream_182

거짓 담배연기_184

기억을 칠하던 날_185

해가 들려준 달과 별의 이야기_187

無_188

안개의 노래_189

편지의 여행_190

한숨 인사_192

당신을 보내기 전, 먼저 남겨 보는 유서_194

도착 그리고… 처음으로Arrival and for the first time_198

PART 1

All of tears that I have

°새벽, 그리고

문득 깼는데 비가 오는구나.

새벽녘 안개 사이로 내리는 빗소리가 청량하다.

서서히 하늘이 푸르게 바뀌면서 작은 새 한 마리가 상쾌한 듯 분주히 움직인다.

뭐가 저리 바쁜지. 친구들을 깨우러 다니는 건가? '짹' 소리 한마디에 나도 인사를 건네 본다.

오늘은 이 녀석 덕분에 잠에서 깼으니.

'안녕? 오늘 기분이 좋구나?'

다행이야. 오늘 깨어난 새벽은 마른 껍질처럼 마음이 사각거리지 않아서.

°바람과의 산책

집 앞의 커피숍. 한동안은 유일하게 나를 달래 줄 수 있던 곳. 그래서 늘 혼자 찾던 곳. 점원들과의 인사도 목례에서 눈인사로, 어느 정도의 대화로. 그렇게 다시금 사람을 느끼며 심장을 다독거린다.

어느 날 점원은 '오늘은 꼭 물어 봐야지' 하는 듯한 표정으로 말을 건네 주었다.

"항상 혼자 오시네요? 심심하진 않으세요?"

"그다지 심심하진 않네요. 그나저나 저 단골인가 봐요. 말도 걸어 주시고."

"그럼요. 단골이시죠. 사실 저희끼리 궁금했거든요. 왜 혼자 오실까? 어디 아프신 분인가? 하면서요. 좀 서늘하게 표정이 없기도 하셨고요. 지금 웃는 거 보기 좋으세요. 커피 가져다 드릴게요. 앉아 계세요."

"아프긴요. 안 아파요. 고맙습니다."

단순한 인사치레. 순간적인 당황에 더듬은 말. 잔잔한 몇 마디에 고마움이 가득 채워진다. 그렇게 어린아이처럼 얼굴 가득 웃음을 띤 채 몇 마디의 대화를 나누곤 느껴지는 한마디.

'이제. 나도 조금씩 다시 되는구나.'

커피를 받아 든 나는 머물지 않고, 바람을 만나러 나왔다.

'오늘 바람은 무심할까?'

때마침 바람이 스친다. 말을 건네는 듯이.

'오랜만이야. 이젠 나오기로 한 거니? 늦지는 않았어. 오늘 공원엘 한번 가 보자. 꽤 한적하고 좋아. 거니는 곳마다 나무를 흔들어 줄 테니 기분 좋게 감상해 봐. 오늘은 너를 위해 그리되어 줄게.'

　바람을 어깨에 두르고 공원 속 길가를 거닐 때, 바람은 약속대로 나무를 흔들어 준다.

　햇빛에 반짝반짝 빛나던 잎들이 나부끼며 노래를 하는 것 같다.

　'바람과 산책하기 정말 잘했어.'

　이대로 멀리 데려다 주면 좋겠지만, 아직은 이놈도 허락하지 않을 것이다. 이따금씩 버릇처럼 바람이 건네는 듯하던 그 말이 산책 내내 머릿속을 흘러 다닌다.

　"너도 살아야지. 시간에게 기도를 전해 봐. 상처와 고통, 그 놈들은 네 곁에 머물지 않도록 잘 달래 볼 테니까. 넌, 어떤 식으로든 살아 있도록 해."

　그래. 앞으론 시간과 같이 좀 걸어 봐야겠지. 기도가 새겨진 마음도 가끔씩 좀 전하고.

　뭔가 어떻게든 손에 잡힐 테니까.

　'새로운 안녕. 오랜만이야.'

°가슴의 눈물 안에서

가끔은 나를 달래 보기도 한다. 스스로 심하게 착각을 해 보기도 하며, 유치찬란한 말들을 가슴속에 품어 보기도 했다. 그때의 뒤로부터 많은 날들을 추억이라고 되뇌이며 버티고 지내왔지만, 문득문득 아직 그 추억의 기억 속에 살고 있는 듯하다.

'오늘도'라는 말이 너무나 지겨운 오늘이다.

아직 새벽이 멀다고 느껴지는 건 그 반복되는 새벽이 두렵기 때문인지도 모른다. 스스로 변명의 시간을 합리화시키며, 놓지 못하고 있는 건지도 모르지. 분명 잘 있으리고 했건만, 얼마만큼의 시간이 어떻게 더 흘러야 아련한 미소가 아닌 입가에 추억으로 묻어나는 아름다운 마음의 말들을 더듬어 볼 수 있을까? 그리 오래 걸리지 않을 거라는 걸로 알고 싶다.

그때의 그 모습을 또 다른 바람이 한 장 건네 준다.

여전히 노래하고, 망가져 버린 지금이어도 여전히 그 이름으로 살고 있지만, 지나오는 시간 동안 눈물만 말라져 있더라. 웃어 버려도 거짓인 것마냥 가슴이 메어 오더라. 이제는 그곳에 머무는 내가 밉지 않아. 어느새 그런 익숙한 시간이 흐르고 흐른다. 그 새벽에 나를 불러 봤다.

무엇인가에 이끌려 써내려 가던 유치하기도 하며, 때로는 스스로 서러워서 눈물 빛을 보아 왔던 그러한 마음이 되어 있었다. 쉽게 꺼내 놓을 수 없었던 마음들을 빼곡히 겹으로 쌓인, 그 시간들 속에 버려진 채 써내려 오며 느꼈던 건 언제나 처음이 있었다는 거였다.

가장 빛나고 순수했던 날의 펜을 잡던 그 처음에 항상 머물러 있었다.

나는 그렇게 산을 오른다. 한숨 쉬며 걷는다. 웃으며 걷는다. 그렇게 한동안 가다가 잠깐 쉰다. 다시 걷는 발길. 울며 걷는다. 그렇게 다 올라서서 한 번 더 울어 본다. 내려올 땐 미움 조금 남겨놓고 돌아선다. 다시 찾을 때 흘려 두었던 미소로 바꿀 수 있을까 해서.

°눈물을 위로한 빗방울의 눈물

빗소리가,

숨어 있던 가슴의 눈물을 멈추게 하진 않았지만,

차디찬 계절에 흩날리는 빗방울들은 타버려서

재가 되어 가는 마음의 조각들에 따뜻한 포옹으로 곁을 찾아

주었다.

°그래, 괜찮다

탈진할 때까지 울어 버리고 싶은 날.
하지만 그럴 수도 없는 난,
가만히 뛰고 있는 내 심장을. 눈물을 흘리고 있는 내 마음을.
조심스레 토닥거려 달래 본다.
괜찮다. 괜찮다. 괜찮다.

°기억을 추억에 담아 두면?

모든 것들이 영원할 것 같아서 우리는 기억을,
추억이란 사진첩에 담아만 두는 실수를 하곤 해.
소중한 것들, 소중한 마음들, 소중한 그 무엇.
소중한 붉은색의 노래, 빨갛게 물들일 나를.
그 속에서.

°흐릿한 로망

당신의 추억과 함께하고팠던 로망은 시간이 흐를수록 점점 퇴색되어 가는 동시에 희망과 절망이 함께 공존하고 있다. 그것은 시간 속 흐름의 페이지. 하지만 그 페이지는 언제나 그러데이션.

퇴색되어 버리는 로망도, 공존하며 달려드는 희망과 절망도 흐려짐과 진해짐을 반복하고 있다.

흘러 왔던 지금까지의 당신과 나의 시간엔 선명한 색깔이 없었다.

유일하게 존재하는 선명한 색깔은 내 자신이 지금 지니고 있는 짙은 살색의 몸뿐인 걸.

°행복해

마지막 기억일 당신.

더 이상 붙여질 말들이 있을까? 그렇게 부르던 노래. 술 한잔의 넋두리. 흐릿한 눈물 속에 선명한 포옹. 당신에 대한 어떠한 흔적도 남아 있지 않기에 더 뚜렷이 각인되는 그 기억들을 그렇게 매일 되새기며 안도하곤 한다.

허공에 손짓. 소리 낼 수 없는 울음. 서러운 다행. 미어지는 한쪽 구석.

그래도 단 한 번만, 차라리, 차라리, 내가 당신일걸.

°새로운 만남, 가슴 죄어오는 눈물

오랜만의 만남과 새로운 만남이 동시에 이뤄질 자리. 한쪽은 평온함. 다른 한쪽은 설렘. 어느 쪽이든 웃음을 머금어 볼 수 있는 시간이 될 거란 건 분명하다. 시간에 나를 맡기면서도 바람의 충고대로 그 시간에 기도를 전하면서.

그때의 그 순간에는 서로 서로가 어떻게든 위로가 되어 주고 있었다. 그렇게 오랜만에 편안한 웃음을 나누면서 술잔을 비워 내 가고 있는 어느 늦은 시간의 손목.

°잔해 殘骸

늦게 잠이 들어도 언제나 같은 시간에 눈을 뜨지만,
지금은 많이 낯설다.
칫솔에 치약을 짜 내는 것도 낯설어진다.

'그래. 쉽진 않겠지. 쉬울 리가 없잖아.'

  참기 힘든 기억 속 미련 덩어리이든, 흩어진 눈물 조각이든, 그것들 또한 당시의 내 선택에 의한 것. 불을 지펴 재로 날려 보내야 다시금 내 손길이 닿는 그곳에, 꽃이든 사랑이든 싹을 틔울 수 있지 않을까? 타 버린 껍데기만 즐비한 자리엔 슬픔은 물론, 행복에 겨운 눈물조차도 채워지진 않을 테니까. 그렇게 의도하진 않은 마음들이 이따금씩 가슴을 두드린다. 무조건 밀어내고 붙잡아 흔들기만 하다가 이젠 옆에 두고 달래 보기도 하며 절망과 희망이 동시에 품에 안겨 와 무릎을 꿇린 채 흐름을 닦아 준다. 확고한 나의 결심 같은 건 필요 없다. 그렇다고 이해가 필요한 것은 더더욱. 다독일수록 예상했다는 듯 엇나가 긴 하지만, 알 수 없는 안도감이 들고 있었다.

°조심조심

새벽이 길어 힘든 것은, 참아내는 그리움 때문일 것이다. 아니, 솔직히 말하자면, 그 그리움마저 허락되어 있지 않은 상황 때문인 것이 더 맞겠지. 목놓아 부르짖는 것 또한 역시. 과감해지고 싶지 않았다. 역효과가 두렵다기보다는 그녀의 사무친 가슴에 우선은 헤아려 어루만짐을 전하고 싶었기 때문에. 눈에 보이는 모든 것들과 그녀와 관련된 그녀의 작은 기억 속의 단편들마저 부러움들의 대상이 되어 버렸을 때, 내 지인의 말은 공감이 되는 동시에 순간순간 밀려드는 욕심을 무참히 쳐 내는 용기를 갖게 했다.

"부러운 건 자기 것이 되지 못하고 있는 안타까움 때문이 아닐까?"

"글쎄. 내가 감히 그 사람이 내 것이 될 수 있을 거란 기대나 가져 봤을까?"

"정말? 오빠. 그랬어?"

"그래, 인마. 작은 먼지만큼도 기대해 볼 수 없었어. 심지어
그 사람 옆에서 날리는 먼지도 부럽더라. 좀 그런가? 아무튼,
내 힘이 함부로 닿을 수가 없었어. 그래야 한다고 생각했고. 어
쩌면 그만큼 온 힘을 다해서 그 사람을 헤아리고 있는 중이어
서 그럴 거야."

보고 싶었다. 너무나도.
때론 마음속으로 불러 보건, 대화의 진행 중이건, 그녀와 관
련된 이야기가 기지개를 켜며 모습을 드러내면 그토록 긴장이
될 수가 없었다. 그리고 그녀는 인간이 가져 볼 수 있는 그녀와
나에 관한 흐뭇한 상상력마저 가질 수 없게 만드는 여자였다.
내가 딛고 일어서야 할 간절한 그리움으로 가는 과정의 필수
항목 중 제일 서럽고 어려운 뭉클한 내딛기이기도 했다.

°여전히 그때의 그리움은 남아, 앞으로도 그 그리움은 그대로*Black root tree*

　시작이 잘못되어 있었기에 그만큼의 살아갈 운명의 각오를. '어쩌면 나에겐 없을지도 모르는 개인적인 운명이라는 것도 내 몸에 박혀 있을까?' 하는 희망의 의심마저 가슴속에 새기고 또 새기며 그나마도 남아 있는 노래를 붙들고 살아갈 수밖에 없었던 날들이 계속되어 오는, 언제나 오늘이었다. 그렇게, 어제도 오늘이었고, 내일도 오늘이었으며, 모레도 가까운 미래의 모습조차 오늘일 수밖에 없었다.

　제일 처음 그리움을 품게 되었던 건 어머니.

　다른 이들이 생각하는 그 그리움과는 차이가 있는 한에 가득 찬 그런 그리움이었다.

　태어나지 않았어도 이상할 게 없었으며, 원래부터 없었다는 그런 아이.

　그런 내가 너무나 보고 싶어 아주 센 고집으로 날 낳았다 했다. 그래서인지 살아가면서 그 그리운 어머니의 모습과 얼굴을 마음껏 보며 살 수가 없었다. 승려가 된 어머니가 내 손을 잡고 산중턱까지 가서 차갑게 손을 놓으며 나지막이 뱉어내던 한마디가 내 발걸음을 더 이상 설렘이 아닌 두려움과 서러움으로 만들어 버렸다.

"이제 가거라. 후에 연락할 테니 찾아오지 말고."

그러고는 한 번도. 단 한 번도 뒤돌아봐 주지도 않고, 너무 좋아 설레며 걸어왔던 그 아름답던 산길을 매정하게 다시 내려가 버렸다. 난 도저히 뭘 어떻게 할 수가 없어 눈물만 멍하니 흘릴 뿐이었다. 그저 그 뒷모습이라도 두 눈에 남겨 보려 어머니가 내려가는 그곳을 하염없이 쳐다봤다.

어머니도 수없이 뒤돌아보고 싶은 걸 질끈질끈 참는 것 같았다. 매정한 돌아섬과는 달리 어머니의 어깨는 무너지듯 통곡하고 있었다. 난 몇 번이고 한서린 산길을 떠내려 가는 어머니를 불러 보려 했지만, 망할 놈의 눈물은 그것마저 막으려는지 닦아내도 닦아내도 쏟아져 버려 결국 눈물에 지고 말았다.

그래도 혹시나 살짝이라도 돌아봐 줄까 하는 마음으로 소리 내어 울어도 봤지만, 어머닌 절대 돌아보지 않았다. 그러기에 더 불러 볼 수 없었다. 햇살 찬란했던 날 산중턱의 시원하던 그늘이었는데, 지친 마음 이끌고 내려올 땐, 함께 지쳐 버린 노을도 견디다 못해 밤을 토해내어 별들 몇몇이 내려가는 길을 비춰 주는 허무하기만 하던 곳이었다. 그때 처음 붉은 달을 보았다. 그 달도 그리움으로 핏빛 마음 글썽이나 싶어서 감히 내 달빛이라 여기며 가슴에 담았을 때. 달이 눈을 감아버려 손톱 달로 흐느끼는 언저리엔 별들이 그렁그렁 떨리고 있었다.

°아직 구석진 자리

가끔. 숨을 깊게 들이쉬면 꼭 다 울고 갓 진정되었을 때처럼 가슴이 여러 번 떨려 올 때가 있다.

그건 자신도 모르는 사이에 이미 마음이 울어 버렸기 때문이라 한다. 그걸 알아차린 뒤엔 뭐가 그리 서러운지 못난 마음과 약속이나 한 듯, 가슴 저 구석에서부터 눈물을 밀어낸다. 위로 삼으려 술잔을 든 건 아니건만, 비워진 잔의 밑바닥에 깔린 몇 방울이 위로랍시고 내게 거짓을 읊어 댄다. 그렇게 더욱 더 짙어져만 가는 까만 밤 또한 지루한 시간 속에 묻혀 별빛의 무대로 춤을 청하며, 새벽을 데려오곤 한다. 맘껏 불러 볼 수 없음은 분명 힘든 고통이다. 하지만, 과정일 것이라는 생각이 주입되는 순간부터는 고통 또한 무뎌진다. 마치 신경세포 하나를 억지로 끊어 놓은 듯한 형태로. 그런데, 고통을 느끼지 못하는 건 아니다. 사실은, 참음이다. 나를 위해 참는 것이 아닌, 그 사람을 위해 참아내는 것. 그 고통을 통해 내가 그 사람을 위해 살아간다는 것을 더 잘 알 수 있다. 얼마나 깊숙한 곳에 담아 간절히 사랑하는지도. 내 평생의 가장 훌륭한 일을 하고 있다고 생각을 한다. 사람이 사람을 지켜내며, 온전히 그 한 사람만을 위해 사는 삶은 세상 무엇과 견주어도 마땅히 아름다울 수 있다고 믿는다. 그 사람이 내 것은 아니지만, 내가… 그 사람의 것이니.

하여, 그녀가 내 손을 잡는다 해도 난 사랑한단 말을 매번 잘할 수는 없을 것이다.

이미 나에겐 기적일 테니까.

°하얀 절에서

비에 안타깝게 씻겨 내려간 추억 속의 기억들이 그 안타까움을 지닌 채 아프게 살아가는 사람들에게 다시 전해주듯, 눈이 되어 하얗게 쌓이는 것 같다.

어머니와 함께한 짧았지만 가장 행복했던 11살의 기억.

누군가를 위해 살고 있는 지금이 가장 행복하다고 믿는, 34살의 기억.

Yearning.

°미쳐만 가던 날의 끝에서 마주한 첫날에, 담아버린 피눈물

스스로를 가둬 두었던 3년이란 시간이 있다.

당시의 상황이 믿기 어려운 탓도 있었겠지만, 생각해 보면, 감당할 수 없었던 나머지, 나도 모르는 사이에 점점 마음을 멋대로 던져 놓았던 것 같다.

그렇게 긴 시간 뛰질 못해 힘없는 발걸음을 옮겨 가던 날들 속에 들려온 뜻밖의 죽음과의 악수는 두 귀가 원망스러울만큼 나를 당황스럽게 만들었지만, 마치 예상을 하고 있었다는 듯한 나의 체념은 죄책감에 또 다시 가슴을 헤집어 놓은 체 완벽한 박제가 된 듯했다. 그렇게 남김 없는 텅 빈 속에 남겨진 부스러기라도 흘려질까 봐 겨우 부여잡았다.

그런 놓아 버린 시간에 맡긴 채, 흘러가던 어느 날의 그 끝에 그녀가 있었다. 실제로 마주하게 되었던 그날, 눈보단 가슴에 담게 된 날이다. 그리고 그날은 바로, 나에게도 그녀에게도 실화가 되어가는 네 번째 날이었다. 세 번째까지는 그녀의 동생을 통해 듣는 마음으로 전해진 이야기와 나의 일기를 통한 짧은 Esprit.

슬퍼서 흘리는 눈물이 아닌 사무쳐서 주체하지 못해 넘치는 눈물이었기 때문이었을까?

그녀는 무언가로부터 필사적으로 벗어나고자 했다. 나를 처음 본 그날에 그녀는 너무나 아름다웠던 반면에 겨우 살아 움직이는 종이 인형 같았다. 멍하니 시간을 타고 흐르는 건 님은 같았지만, 나와는 다른 곳에서 가녀린 여자의 몸으로 서글프게 도망치고 있었다. 그 사람이 할 수 있는 거라곤 당장은 그것밖에 없었음이 너무나 아프게 닿아서, 그날은 나의 서글픔이 아닌 그녀를 향한 애처로움이 밤하늘에 흩뿌려졌다.

그녀의 눈물 속. 내가 다시 살아나 눈을 뜨게 된 곳. 그녀의 울음소리는 나를 깨우던 소리.

잘못 본 것이 아니라면 내가 보았던 그녀의 눈물은 투명을 가장한 피눈물이었으리라.

°있잖아

조그마한 거.

겨우 그것만 알고 있다 해도,

더 이상 많은 것을 알지 못한다 해도.

아련한 기억을 품게 된 이상,

난 이제 당신이 어떤 모습이라도 어떤 누구라도 상관없어.

°그리움이 잠든 유리구두

그녀가 관심 있는 남자들. 그녀가 좋아했던 남자들. 그녀가 하는 말들은 무심코 흐르는 분위기 속에 무심코 지나가 버린다.

난 더더욱 내가 아무것도 아니라는 걸 한 번 더 상기하는 자세를 갖는다. 그 자리에 아무것도 아닌 나는 온데간데 없고, 친구라는 억지로 뒤집어쓴 빈껍데기의 허울만이 마주 앉아 그녀의 이야기에 고개만 끄덕인다. 이마를 맞댈 수 있을 만큼의 충분히 가까운 거리지만, 일부러 옆으로 돌아 앉아 타는 그리움을 구겨 넣어 감춘다. 지금은 내 그리움이 먼저는 아니기에.

다른 이가 선물했던 유리구두를 신고 있는 그녀. 선물한 이가 곁에 없기 때문일까? 내려다본 그녀의 유리구두는 더 이상 반짝이지 않았고, 너무 아슬아슬했다.

그녀의 밝은 웃음. 아주 가끔씩 따스하게 봐 주던 눈길. 눈길에 기쁜 고마움. 그럼에도 속상함을 거둘 수 없었던 건, 내가 선물한 유리구두가 아니었기 때문에.

그러나 나의 유리구두는 언제나 시린 등 뒤의 주머니에 넣어 놓고 있을 수밖에 없었다. 남자다운 멋진 행동을 보이는 것이 우선은 아니었다. 하지 못해 못 했던 것도 아니었지만, 왜인지 내 그런 심정에도 그녀의 허락이 필요했다.

난, 그녀를 나의 여자친구로 만드는 게 아닌, 내가… 그녀의 남자친구가 되고 싶었다. 그래서 이런 나의 일념이 그녀에게 최고의 속도로 달려가 주길 바랐다.

"아, 참. 넌 나하고 친구 안 할 거지?"

그녀는… 잘 알고 있었다.

°지금 할 수 있는 거라곤

아무런 느낌 없는 건조함으로 늘 그렇듯 특별할 것 없는 막연한 일상 속에서 작게 솟아오른 하나의 변화. 휴대폰 속의 그녀의 사진에 인사를 하기 시작했다. 그녀의 소식과 하루가 궁금해지면서 아려오는 눈가를 애써 닦아낸다. 아직 허락된 것이 많지 않기에 보고픔에 고개를 떨굴 수밖에 없는 먹먹한 가슴을 달래 본다. 그러곤 햇살이 곱게 스며드는 곳에 그녀의 사진을 세워 놓고 메아리를 전하면 사진 속 그녀는 늘 웃음으로 답을 하고, 난 엄지 손가락을 내 입술에 갖다 대어 입맞춘 후, 그녀의 사진 속 웃음 띤 입술에 맞춘다. 다시 휴대폰 속 사진이 켜진 채로 가슴에 끌어안아 심장 소릴 전한다.

'오늘은 어땠어? 잘 있니? 보고 싶다.'

°꿈에서도 난 네가 먼저야

목놓아 울어 버려서 엉망이야.

이대로는 반갑게 맞아 주는 당신에게 가벼운 안부인사조차 전할 수 없는 걸.

그래도 늘 내 고백은 우선이 될 순 없어. 나는 당신의 마른 눈물이 먼저니까.

불면에 잠깐씩 잠이 드는 순간마다 당신이 있어. 꿈에서도 그 눈물을 닦아 줘야 하거든.

꿈에서나마 잠시라도 당신 곁에 내 맘대로 머물 수 있어서… 그래서.

°하나

그녀가 마주 앉아 해 주는 무슨 말들이 어떻게 귓가에 들려와도
내가 속으로 외치고 있는 말은 단 한마디.
사랑한단 말도 아닌,
'보고 싶었어',
'보고 싶었어',
'보고 싶었다'.

°꽃피는 계절*Saison Fleurie*

나의 겨울에 찾아든 그녀. 그녀의 계절 어느 한 곳에 살고 있
는 나.

확실한 건 아직 둘 다 봄에 들어와 있지 않다는 걸 겨우 알
수 있을 뿐.

같은 곳으로 여행을 떠나는 티켓은 아직 구하고 있는 중이다.

사람이길 놓아 버려도 사람인가 보다. 가슴이 힘든 걸 보면.
늘 미안함인 걸 보면.

감사한 건, 그녀가 도망치지 않아 준다는 거다. 어떠한 누구
라도 지어 보이지 못할 그녀의 미소. 애틋한 시간들이 스며 꽃
의 계절 안에 우리를 데려다 주기를.

°200671709

"나도 네가 좋아."

"감사해."

"난, 어떤 약속도 해 줄 수 없어."

"알아."

"내가 다른 사람을 만나게 되면 그때는?"

"나한텐 그래도."

"정말 그래도?"

"그럼… 내 마지막이거든."

"정말? 사람 일은 모르는 거잖아."

"응… 모르지."

"왜… 내가 마지막인데?"

"당신 때문에. 너무나 살고 싶어졌거든."

"고마워… 정말."

"아니, 내가 감사한 거지. 고마운 것이 아닌 감사."

"…."

"울지 마. 당신이 있어야, 나도 빛나. 내 숨을… 끊어 놓을 수 있는 사람은 당신뿐이야."

PART · 2

La Tua Cantante

°어째서 그리도

비가 오면 머릿속에 무수히 많은 말들이 가슴을 이리저리 헤
집고 다닌다. 찬란하게 내리는 빗방울들은 입가에 맴돌아 안
타까운 말들과 노래로 가장한 눈물, 날이 갈수록 더 감싸오는
그리움을 충분히 대신하고 있다.

'어째서 이리도 완벽한 거니.'

'어째서 내리는 소리 하나로도 충분해질 수 있는 거냐고.'

°늦은 시각 친구와의 통화

"너무 어렵게 가는 것 아니야?"

"그래 보여?"

"응. 안타까워."

"너는 쉽니?"

"뭐 어렵진 않아."

"너의 사랑을 무시하는 건 아니지만, 지키고 품는다는 것이
그래."

"상대의 눈길 한 번이 없어도?"

"그럼."

"그러면 너는 어떻게 되는 건데? 이대로 계속이야?"

"맞아… 계속… 있는 그대로 품어. 그 사람이 언제나 먼저여야 하는 거지. 그런다고 내가 퇴색되거나 힘들어지는 건 없어. 혼자서 하고 있는 거라 너무 몰라서 미안할 뿐이야."

"아프진 않아?"

"아파. 왜 안 아프겠어. 나도 사람이긴 한데."

"… 미친놈. 너 같은 놈이 어디 있겠냐?"

"왜 없어? 많아. 세상엔… 아름답게 지키고 품는 사람 더 많아. 그렇지 않은 직선적인 사람들이 많아서 희한하게 보일 뿐이야. 네가 말하듯 쉽게 미친놈으로 취급되기도 하지."

"외로워 보인다."

"즐거운 외로움이야. 지킨다는 건 어떻게 보면 쉬워. 하지만 그렇게 지킨다는 마음속에 마지막이란 다짐을 데려다 놓는 순간, 견딤의 각오 정도는 해야지. 내가 지키니까 알아줬으면 하는 바람은 비겁한 거야. 그건 내 마음만큼의 대가를 달라는 거잖아. 오히려 내가 품은 지킴이 잘 전해져 닿았을 때의 그 사람의 편한 웃음에 감사해야지."

°Mutter

해보다는 달을 좋아해.

그 햇빛보다는 달빛을 좋아할 뿐이야.

찬란하게 비춰지는 햇빛이 아름다운 걸 알지만, 은은하게 다가오는 달빛은 애틋해.

햇빛을 희망이라, 긍정이라 말하지만, 달빛은 그리움의 순간이라 매 순간 중얼거려 난.

°Wish

갖기 위해 눈물을 머금고… 가져 보기 위해 그 눈물을 흘려
본다.

절실함이 아니면 느껴 보지 못할 쓴 눈물 맛. 달콤하지 않을
거란 건 이미 알아.

멋진 감동의 마법을 부리려면 주술을 익혀 가는 과정이 필요해.

훗날 마법을 부려 볼 때쯤엔, 그때쯤엔. 조금은 쓴맛이 아닌
다른 맛이 느껴질까?

°흩뿌려진 눈물만큼 만나게 될까?

그렇게… 그렇게… 그리움도 목놓아 울고 있지.

마음이 날아가 버릴까 두려워지는 새벽.

눈물방울의 끝자락이라도 붙잡으려 서서히 가라앉히고 있어.

꼭 다시 만나게 될 거야.

반가워.

°기다렸는데, 지워진다

기다리다… 지워진다. 기다리고… 지워지고…. 기다리는데 지워져만 간다.

그렇게 흘러… 흘러… 또다시 통곡의 계절을 건너뛰고 있다.

모조리 터지고 사라져야 저 건너편 환희의 계절에 머무를 수 있을 거야.

기다림에 다가오는 건 없는데, 소중한, 애절한, 그리운 무언가 가 자꾸 지워지고 지워진다.

°새 심장

발버둥을 쳐 봐도 마르지 않던 내 가슴에 어느새 네가 많이 생겼어.

그로 인해 새로 생긴 억지웃음이라는 친구.

허락된 시간만큼만 주어진 아주 새 거야.

°보고 싶어서

혼란.

끝이 정해져 있는 마음놀이.

지금은 거침없이 쏟아지는 비보다는 새벽의 이슬이 더 보고 싶은 그런 마음이야.

그런 네가 보고 싶어.

그래서 네가 뺨을 타고 흐르나 봐.

°오늘은 그래

우린 어쩌면 서로가 안타까운 것일 수도 있을까?

모든 아쉬움과 서글픔을 과감히 밀어낸 채 견디고는 있다고 하나 너무나 헤아려 주고 싶을 땐 혼자의 알아감이 안타까워진다. 무조건으로 서러워지는 오늘. 마음의 말들도 참아 본다.

내리는 비 때문인가?

'난 널 너무나 좋아하는데, 넌 왜 오늘도 내려서 이토록 서럽게 하니. 촉촉하게 좀 해 주라. 눈가 말고.'

듣지 못하고 있는 그녀의 목소리는 여전히 뚜렷하다. 그래서 난, 빗방울에 기대어 부대낀 채 그녀가 오고 간 길목에 남길 발자국은 소리가 없을 것임이 분명함에도 귀를 기울여 눈을 감았다.

°그녀의 의지, 그녀가 원하는 것

그녀의 상처는 내 전해짐을 받고 있기는 하다. 가끔 잘 듣는 약물처럼 곱게 효과를 보기도 한다. 하지만 그녀의 손에 들려진 커다란 방패는 낡을 대로 낡았지만, 멋지게 굳건하다. 심지어 날이 무뎌진 창까지 서슬이 퍼렇게 서 있다.

닫혀 있는 문은 단단하지만, 희한하게도 그 문엔 자물쇠도 열쇠도 없다. 그녀의 의지가 있어야 하는 문제인 거다. 얼어붙어 있을 마음 또한 너무나 자연스레 이해는 빨라진다. 나 역시 그러했기에. 그래서 남김없이 내어 주고 있는 중이다. 나의 시간도, 마음도. 모든 그녀가 원하는 것이 아닌, 원할 만한 것으로. 그렇게 내가 가진 걸 마음껏 내어 주는데도 그녀에겐 조심스럽다. 아니, 조심스러워야 한다. 가르쳐 주진 않지만, 말없이 보아 주기는 하니까. 안 그래도 스스로 어설프다 느껴지는 마음 전함에 실망까지 주고 싶지 않은 것은 아주 기본적으로 당연하다.

그런데 제일 먼저인 것은 난 그녀의 시린 등부터 따뜻했으면 하는 것.

°아름다운 기억이 아파한 지금

때론 사람들의 지나가 버린 이야기들이 아름다울 때가 있다. 누구나 저마다의 애틋한 기억이 배어 있는 법이니까. 나 또한 그런 시린 이야기가 내 두 눈에 머물러 있지만, 문득 기억이 휘몰아쳐 슬퍼할 때마다 마음이 시들어 간다. 그럴 때마다 갈라진 미련한 틈에 누군가가 물을 주어도 그것이 물인 줄 모른다. 술이 술인 줄 모르고, 약이 약인 줄 모른다.

°기적이라 착각한 틀리지 않았던 우연

그녀가 말하지 않는 곳에서도 그녀를 듣고 있다. 아니, 들으려 한다고 하는 게 맞겠다.

쉽게 보기도 어렵고, 듣는 건 더더욱 어렵기에 드문드문 받아 보는 문자를 통해 최대한 그녀를 헤아리려 애를 쓰고 있다. 어쩌다 조용히 엎드려 눈을 감고 있으면, 정말로 들려올 때가 있다. 일반적인 상식으로는 헛소리가 들리는 것이 맞는다는 것도 알고 있다. 그러나 난, 지금까지 한 번도 그 소리를 가짜라 여긴 적이 없다. 누구든 내가 되어 보지 않는 이상에는 믿기지도, 믿을 수도 없는 말이지만, 그녀의 소리가 들려올 때마다 그녀에겐 일이 있었고, 속상함이 있었고, 아픔과 눈물이 있었다. 처음엔 내가 잘 찍는 거라 여겼다. '우연히 들어맞는 게 많았겠지'라고도 생각했었다. 어찌 그 횟수가 이렇게까지나 잘 들어맞았는지 하는 의문으로 머릿속을 빙빙 돌았다. 언젠가 내 어머니께서 하셨던 단 한 번의 말은 날 한동안 젖어 들게 했다.

"네가 하나로 집중을 하고 있으니, 그건 집중 끝에 네 간절한 그리움이 낳은 산물인 거야. 그렇게 해서 생기는 우연이 겹치고 겹치니 잘 맞는다 생각이 드는 건 당연한 거지. 아들은 신이 아니잖니. 사람으로서의 예쁜 마음이 그런 신기한 생각도 갖게 한 거야."

내가. 너무나… 너무나도 보고 싶어 했다. 내 마음에서 잠시 나를 떨어뜨려 바라봐도 너무나 보고 싶어 하는 게 보였다. 그래서… 그런 거였다. 기적이라 믿고 싶을 만큼. 하지만, 진짜 기적은… 그녀가 내 손을 잡는 것. 하지만 기적은 아직 기도로 남아 있다는 것. 그래서 난 지금도 그녀를 듣고 있는 중이다. 기적이 일어난 후에도 계속될 우연.

그녀는 눈물이랑 동화되어 있어서 내 눈물이 흐를 때 더 잘 보인다. 그걸 소중히 쥐고 있으면 언젠간 맑게 웃을 때, 그녀가 더 밝게 보이지 않을까?

°그래… 아직은 꿈에서만

집 안에만 머무는 것을 좋아하던 우리는 누가 먼저랄 것도 없이 습관대로 아주 긴 포옹을 나눈다. 그러곤 내 손이 그녀의 얼굴을 가볍게 스친 후, 다시 가볍게 입을 맞춘 후 오랜만의 외출 준비를 한다. 상쾌한 드라이브, 그녀가 좋아하는 브런치 메뉴, 그녀가 좋아하는 영화, 내가 좋아하는 그녀. 해맑은 그녀가 날 부르는 소리. 해가 지고 달빛이 비칠 때쯤 찾아간 조용한 술집에서 그녀와 나의 이야기가 작은 공간에 춤을 춘다. 늘 그렇듯, 그녀의 이야기에 난 미소로 바라보며 끄덕인다. 반가운 별빛 속에 예쁘게들 취해 간다. 취기 어린 눈빛으로, 몸짓으로 나를 꼭 끌어안는다.

난 그녀를 품에 가득 안고 나에게 안겨 있음에 감사한다. 이렇게 우리의 외출은 그다음 날 아침까지 행복하게 계속된다.

이제 일어나야겠네. 가슴 벅차올라 눈물짓던 꿈. 당신은 지금쯤 어떤 꿈속에 있니?

°회색빛 한숨

하늘이 푸르게 된 걸 본 지 오래된 것 같아. 여전히 회색빛이네.

'왜 울먹이고 그래. 너도 뭔가 먹먹하니? 너도 뭔가 참고 있는 중이야?'

금방이라도 비 되어 쏟아질 것 같은 구름은 더욱더 짙어지고 있었다. 마치 지금 거울처럼 비춰지는 내 모습 같아서 서글픔에 소리를 질러 댔다. 그러곤 울어 버렸다. 내쉬는 한숨에 그녀의 이름이 '툭툭' 떨어진다. 빗방울이 따라서 '툭툭' 떨어지고 있다. 그렇게 비 맞은 미친놈마냥 주저앉아 그녀의 이름만 뱉어내고 있었다. 그 이름이 빗물에 맺혀 고여진 자리엔 그녀의 모습이 아른거린다. 난 그저 허한 웃음을 띤 채 같이 울어 준 회색 친구를 올려다본다.

'고맙다 자식아.'

°참는 거야… 동생아

"아… 나 그 애에게 정말 잘해줬는데."

"맞아. 너 참 잘했지. 그 애도 잘 따라 주고 너한테 잘했잖아."

"네. 근데 아무리 해도 제 마음까진 다 모르나 봐요. 어떻게 해야 하죠?"

"참아."

"네?"

"참아. 참으면 다 잘될 거야, 라는 식의 말이 아니라 그냥 참아."

"어떻게 그냥 참아요?"

"멋진 말, 예쁜 말 못 해 줘서 하지 않는 게 아니야. 달리 방법은 없어. 참는 것밖엔."

"그러다 속병 나서 스트레스 받으면 내 손해잖아요. 그럼 사랑도 못 하고."

"그 애가 네 전부라면서 그 속병이 두려워? 그럼 이것저것 재 보는 건데 뭐 하러 신경 쓰니?"

"그건 그렇네요. 하. 모르겠어요. 잘될지도 의문이고."

"참아. 그냥 참는 거야. 참고 있으면 알아 주겠지라는 기대도 품지 마. 막연히 참지도 말고 순간순간 참아. 그 애의 못된 행동과 말들을 참는 게 아닌 그 애를 향한 네 아련한 가슴 아픔을 참아. 그 애를 닮은 색깔을 찾아보든, 그 애가 좋아하던 무엇이든지 찾아내보는 것도 좋아. 그리고. 다시 또 참아. 참아 내."

미안하다, 형이 해 줄 수 있는 얘기가 정말 이것밖에 없어서.

그런데 정말 그래야 하는 걸 어쩌니.

너무 소중하면.

너무 사랑하면.

너무 보고 싶으면.

너무 야속하면.

너무 아프면.

자기도 모르게 참게 돼. 참아진다. 참아져.

°가슴에 새긴 일기

'웃어야 돼. 웃어야 한다. 어떠한 일이 있어도 웃어야 한다. 최대한이 아닌 무조건 아무렇지 않은 척을 해야 한다. 절대 그녀 앞에서는 웃어야 한다. 내가 아픈 것도, 내가 견디는 것도, 내가 너무나 그리워하는 것도, 사랑한다 말하고 싶은 것도, 절대 그녀가 눈치 채지 못하게. 내가 그렇게 해야지만 그녀가 편해질 수 있다. 그녀가 생각을 많이 하게 해서는 안 된다. 그녀가 가라앉게 되면 다시 메마른 신음을 해야 한다.'

혼자 어두운 구석에서 타는 가슴을 쥐어뜯는다. 안 그래도 그녀는 지금 겨우겨우 버티고 있다. 내가 병에 걸려 아파 내일 당장 죽어 버릴지라도 전부인 그녀를 위해서 아픈 것마저 웃어야 한다. 웃어야 한다. 웃어야 한다. 내 사람이 웃을 수 있게.

각인刻印

　많은 날 가운데 단 하루. '모질구나'라고 생각이 든 적이 있었다. 그래도 결국 그 생각은 입으로는 절대 나올 수 없음을 아는지 이번에도 두 눈에게 부탁을 했던 모양이다. 아무렴 어떠리. 어차피 나에겐 남은 마지막인 걸.

　차갑게 감싸는 서러운 바람에 내 의지와는 상관없이 가슴이 시려온다. 바람녀석도 어쩔 수는 없었는지 얼어붙은 새벽녘에 이슬을 흘려 놓고 간다. 그녀의 이름은 언제나 내 입가에 머뭇거린다. 함부로 불러 볼 수도 없음이다. 누구에게나 자신의 모든 전부인 사람이 있다. 그 전부인 사람이 지닌 이름이다. 한없이 꺼내어 부르고 싶은 이름일수록 낮게 뱉어지더라도 흩어져 버릴까 봐 두려운 거다. 누군들 부르며 울부짖고 싶지 않겠는가? 애타게 불러 보기라도 해 보고 싶지 않겠는가? 그렇게 부르다 지쳐 나도 모르게 잠이라도 들어 버리면 좋으련만.

　겨우겨우 뜬눈으로 달빛이 묻은 창가만 힘없이 긁어댄다.

°누구나 그럴 거야… 같은 마음이라면

거리를 걷는 건 제일 만만한 행동이며 누구에게나 공감이다.

정말 거니는 그 거리의 곳곳마다 네가 스며 있다. 때론 헛것도 보인다는 말은 무조건 맞다.

헛것까지 보일 정도니 잘하면 네 숨결까지도 느껴질 수 있을까?

시선이 머무는 족족 너의 테마를 그려 가며, 흐르는 냇가에서 너의 미소를 건져내기도 한다.

°시소한 이야기

사소한 기억은, 사소한 작은 티끌처럼 조금씩 쌓여 가며 하나의 이야기를 만든다.

펼쳐 보여지진 않아도 내가 흘려져 채워진 모든 것이었기에 그 자체로 내가 된다. 하지만, 부르고 부르는 나에게조차도 그 소리가 멀리서 헤매고 있다는 게 들려올 때면 내 자신을 달래 볼 엄두조차 나질 않는다.

가슴을 찌르며 파고드는 이것도 사소한 기억. 하나 더 쌓이긴 했음에도, 아직 이야기는 더 나아갈 미동도 하지 않는다. 내가 부르는 소리가 너무 먼 곳에 있어, 이야기도 나인 줄 모르나 보다. '너'라고 한 글자 쓰더니 이내 잠시 기다린다. 이야기를 재촉하지 못하는 나도. 그래서 잠시 시든다. 해피 엔딩(Happy ending)이 간절하지 않은 사람이 어디 있겠어.

°난… 미친 게 아니야, 당연한 거지

가끔… 허상이 보이고, 환청이 들려오는 것 같아. 매정하게 쳐다보는 모습이 보이는 것 같고, 아무리 전해도 소용 없으니 그만하라는 말처럼.

지금은 그런 횟수가 많아져서 어느새 하루 종일이야. 내 마음이 더 안타까운 건 웃어 버리면서 그 허상과 환청에게도 전하고 있다는 거야. 그러고 있는 제 모습조차도 기억을 못 해. 그런 순간에도 그녀와 있는 거야. 허락이 되지 못하고 있는 상태는 이렇게 처절해.

사랑은 새기는 순간부터 외로움과 아픔을 같이 끌어안아야 하더라. 솔직히 외로운 건 별거 아니야. 아픔은 가히 그 고통이 어떠한 것과도 비교가 되진 못하지. 내가 병이 걸리거나 너무 아픈 몸으로 몸부림을 쳐도, 통증에 바닥을 구르는 상황에서도 곁눈질로 휴대폰에 시선을 맞추고 하나도 아무렇지 않은 척 어느샌가 문자 메시지로 전하더라.

진짜 아픈 건 그녀를 그리는 마음인 거지, 몸이 아픈 건 아
무런 문제가 되지 않더라.

식은땀이 흐르고 흐르다 말라 비틀어져 버려도.

°바람이 구름을 울렸다

오랜만에 바람이 찾아왔다.

"그녀는 괜찮아."

"고마워."

"오랜만에 공원에 갈래?"

"아니. 절에 갈래."

"절? 갑자기 왜?"

"내가 다 가져오고 싶어. 아니, 내가 가져와야겠어. 그녀를
아프게 하는 마음들. 그녀를 버겁게 만들고 있는 짐들."

"같이 가. 네 땀이라도 닦아 줄게."

"아니야. 눈물 대신 흘리는 걸 테니까 그냥 흐르도록 놔둘래."

"그래, 그럼 기다리고 있을게."

바람은 절을 하는 내내 곁에 머물러 주었다. 구름과 이런저런 대화를 나누는 것 같더니 이내 구름이 울음을 터트렸다. 주르륵 주르륵 흘러 댔다.

"괜한 짓을 했어."

"알아. 하지만, 얘기할 수밖에 없었어. 저 녀석도 네 소식을 많이 궁금해했었으니까."

"그래. 고마워. 어두우니까 해 말고, 달에게 데려다 줘. 난 괜찮아."

"응."

"고맙다, 구름. 잘 자고, 내일 맑게 보자."

구름은 아무 말 없이 눈물을 거두었다. 그러곤 달의 품에 안겨 잠이 들었다. 유난히 찬란한 달빛. 내가 절하는 긴 시간 동안 그녀도 같은 달빛을 보았다면, 편하게 잠자리에 들었기를. 내가 꿇어 엎드려 무릎이 닿는 절의 횟수만큼 그 사람의 모든 아픔이 내게로 오기를.

PART · 3
La Tua Cantante II

°당신을 달래던 눈물은 밤하늘에 있다

모습은 선명하지만 내 눈에 비춰지는 당신은, 언제나 뒷모습이 아른거린다. 어느 날 당신이 숨도 쉴 수 없을 만큼 고통스럽다고 했을 때, 내 모든 마음의 전함이 무력함을 새삼 알 수 있었고, 그토록 무능한 나 자신의 모습에 고개를 떨굴 수밖에 없었다. 그렇게 늘 바라보지만 늘 보고 싶지 않았던 당신의 뒷모습을 다시 봐야 했다. 그러곤 습관처럼 그 모습이나마 데려올 수밖에 없었다. 아픔을 내 손으로 끌어안는 일은 내 몫이기에.

창백히 식어 있는 당신의 낮은 음성들은 이젠 익숙해질 만하건만, 매 순간 찾아 드는 싸늘함을 어떻게든 달래고자 무릎을 꿇는다. 나 또한 이미 오래전부터 흘러 넘쳐 버린 그리움들을 거둘 마음은 없으니까.

오늘도 서글픈 눈물들은 별이 되어 참고 참아내다 수많은 조각으로 흩어지겠지.

그래서 어둡고 시린 구석에 버려질 때면 그런 모습에 안타까
워하는 밤하늘의 눈물을 받아 은하수로 흐르게 될 거야. 사람
들은 모르지. 많은 이들의 애달픔을 위로하던 은하수는 사실,
수많은 아픔을 견디던 사람들의 눈물들이 버려져서 생기게 되
었다는 것을.

°그래… 당신이 유일해

당신을 지키기 위해선 차라리 닿아도 닿지 못하는 죽은 사람
처럼 사는 것이 나을 거란 체념도 해본다.

하지만 내가 유일하게 나를 해칠 수 있는 자격을 준 건 당신
뿐이다.

°그 한마디

어쩌면, 이 간절함의 마음은 순수하지 못한 것일 수도 있다. 흘러 버린 시간에 따라 찌들어 있음을 알 수 있기 때문이다. 그만큼 찢어질 듯 아려오는 아픔이 큰 것도 당연함이다. 하지만, 순수한 마음이었다면 느껴볼 수 없었을 그런 애절함이 가슴에 번져 있다는 것에 오히려 감사한다.

아파도. 더 밑바닥에 깔려 꿈틀대기만 하는 마음일지라도 그녀와 같이 있을 수 없는 것보다는 차라리 낫다는 심연 속 한마디가 깊은 자리에 담겨 있다.

°담아 보내 보기

저녁 노을을 따라 사라져 버린 그리움이란 마음에 하얀 떨림이 내린다.

미안이란 차가움보다는 사랑이란 따뜻함을 듣고 싶었다.

깊숙한 황홀한 느낌. 소중한 무언가를 담아놓고 걸러내고 싶지 않아.

꼭 막혀 버린다 해도. 그런 가슴이길 바라.

그래서 추억으로 담아 두기엔 좀 아파서 아주 먼… 기억으로 보냈어.

°이산마음

매일매일을 내가 곁에 두고 아끼던 마음을 너에게 보냈다. 보냈으면 벅차고, 얼굴에 홍조가 띠어지고, 어떤 거든 작은 거라도 기다려 볼 법도 한데, 처음 보낼 때부터 이미 눈에서, 가슴에서 알고 있었다. '오늘도… 혼자 어깨를 늘어뜨려 문을 열거나 아니면 아예 들어오지 않겠구나'. 하긴, 마음이 가출한 것은 아니라서 꼬박꼬박 들어와 주긴 한다만, 들어올 적마다 이산마음이 되어서 들어오니 그렇다고 누구를 붙잡고 실종됐다 할 수도 없다. 정확히… 어디 있는지는 아니까.

그래서 더 미어지나 보다.

°달이 그리해 줄 거야

아주 먼 그때 구름과 손잡고 있던 그 달이 흘린 눈물의 빛이
내 눈망울에 안겨 드는 날, 구슬픈 회색빛이 비가 되어 나를
깨워 줄 거야. 한숨은 짙은 안개를 피워내고, 그 안개 속 곳곳
에 달의 손길 닿는 곳마다 붉은 마음 스며들겠지. 그저 닿기만
하던 만짐.

부여잡을 수 없는 가녀린 그 손을 서럽고 서러운 울음으로
놓아 줘야 해. 그렇게.

°끝을 알 수 없는 허기짐

사랑을 전할 땐 막연한 기다림이라는 아픔과 모진 말들의 고통을 먹고 살 수밖에 없다.

사랑을 할 때 먹을 수 있는 핑크빛 물들인 싱싱한 설렘과는 확연한 차이가 있다.

그래서 늘 배가 고프지만 그렇다고 구걸을 할 수는 없는 노릇이다. 희망을 품어 요리를 해야 하는데 무슨 상황이든 불안함과 나쁜 상상만 재료로 쓰이니 그 사랑의 요리는 겉만 번지르르 할 뿐, 맛은 둘째치고 간조차 맞질 않는다. 허기질 수밖에.

자신의 모든 걸 다해 상대에게 집중할 때 사람은 허약해진다.

°다시 기억을 새기다

잠겨서 얼어 버린 마음의 문 앞에 땔감을 가져다 놓았다. 그게 시작이었다.

난, 얼음을 녹이기 위해 불을 찾으려 심장 주머니에 손을 넣었다. 여전히 젖어 있던 라이터를 쉬지 않고 '찰칵'거리며 술잔을 비웠다. 그 뒤부터는 다른 마음은 그다지 필요치 않았다. 하루하루 주문을 걸었고, 비밀 마음을 털어놓기도 했다. 그 주문의 시간은 나름 꽤 오래 걸렸다.

집중하는 내 모습이 살아 있는 것 같아 숨죽여 설레이기도 했었다. 삶의 선물을 받은 것이다. 이따금씩 살짝 눈물을 흘렸고, 웃고 있지만 사무친 얼굴이 비춰졌다.

그 애달픈 모습. 그날 난, 너무나도 순수한 모습으로 한 사람의 곁을 소중히 지켜 주었다.

°제발 조금만 더

푸르스름한 새벽빛에 퍼지는 붉은 내음.

인내의 눈물이어야 할까? 감사의 눈물이어야 할까?

안 돼. 조금만 더 있다 가렴. 아직… 조금만… 잠시만 머물러 줘.

곧, 꺼내줄게.

°?

불구덩이 속에 내던져진 내 시간들.
하나도 남기지 않기 위함이라기보단,
차라리 다 죽어 가는 듯한 희미한 불씨 같은 초라함.
당신에게 난 어떤 시간이니?

°해가 건넨 달과 별의 어루만짐으로
노을의 손을 잡고

하늘의 해가 짧아지던 때에 그녀에 대한 그리움이 시작되었었다. 온종일 그리고 그리다 타는 마음을 달랠 길이 없어 어서 빨리 하루가 지나가길 바라는 마음에선 해가 짧아진다는 건 작은 위로였다. 어둠에 몸서리쳐짐이 익숙해질 무렵, 달은 별들도 같이 데려와 새벽녘까지 내가 다시 맞이할 그리움의 아침을 함께 준비해 주었다. 며칠 뒤부터는 해가 길어지기 시작했다. '이젠, 타는 그리움을 어떻게 달래야 하나'라는 안타까움이 계속 스쳐 오고 있었지만, 길을 걷다 밤하늘을 기다리는 마음에 올려다본 하늘엔 노을이 손 흔들고 있었다.

'괜찮아. 다시 해가 짧아질 때까지는 곁에 있을 거야.'

노을은 내 그리움이란 녀석의 손을 잡고 그녀의 집에서 가장 가까운 하늘에 데려다 주었다.

별들과 함께한 녀석은 울지 않았다. 그녀가 오가는 길이 환하게 비춰져야 했기에 울 수 없었다. 혹시라도 유난히 찬란한 빛에 그녀가 올려다본다면 밝게 웃으며 비춰져야 했으니까.

°그들과 나의 실화實話

책이건, 드라마건, 영화건, 노래건, 인터넷에 올라오는 글들
이건 가장 흔하게 들려오는 말이 하나 있다. 사람이나 상황에
따라서 가끔 식상하게 들려오기도 하는 말.

'사랑은 뭐든 남김없이 다 주는 것이다.'

이 식상하기까지 한 말이 사랑을 하고 있는 사람들에겐 제일
어려운 일이기도 하다. 흔히 사랑을 전해 주면 받는 것 또한 당
연하다고 여기는 것이 맞는 말이라고들 한다. 모두가 한낱 인
간인지라 여러 마음들과 감정들이 질서 없이 혼잡하게 뒤섞어
져 그것이 인격인 체 살아가고 있는데 어찌 그러하지 않을까.
만약 기약마저 없는 절실한 사람에게라면 식상함이라는 말은
사치일지도 모른다. 그들은 그런 마음을 가질 겨를 없이 오로
지 주면서도 사랑하는 이에 대한 미안한 마음에 스스로를 자
책한다. 그들에겐 그저 잘 전해져 무사히 닿기만 해도 안도인

것이다. 더군다나 그 사랑이 간절한 마지막일 땐, 주는 것만이 전부가 아닌 견디는 지킴이 되어 간다. 받는 것은 처음부터 생각조차 하고 있지 않았던 것이다. 그들에겐. 그것은 사랑이 아니라고 여겨지기 때문이다.

어쩌다 사랑하는 이의 마음이 선명치도 않은데 투명하게나마 자신에게 비춰질 때면 그들은 자신도 모르게 하늘을 보거나, 사진을 바라보며 그렇게나 서럽디서러운 눈물을 흘린다. 그러곤 자신이 부를 수 있는 모든 신들에게 나지막이 입을 뗀다.

'감사합니다. 감사합니다.'

그들에겐 그것으로도 최고의 마음을 본 것이다. 바보 같다고 느껴질지도 모를 이런 마음들이 세상엔 존재한다. 당연한 감정과 당연한 과정들 속에 묻혀 퇴색되어 있을 뿐. 그들에겐 사랑하는 이의 손을 잡게 되는 날이 자신의 간절한 마음 끝에 잡게 된 사랑이라 생각지 않는다.

그들은 그걸 기적이라 한다. 함부로 꺼내 볼 수조차 없었던 감정들의 침묵 속에서 바라 보지 못하고, 바랄 수도 없었으며, 벼랑 끝에 서 있는 처절한 울림이었음에도 사랑하는 이의 안정과 웃음을 지켜 줘야 한다 믿었던 그들에겐 그날은 마음껏 그 사랑 앞에서 울어도 되는 것이 허락된 기적인 것이나. 그렇게 그 기적을 자신에게 물들인 채 한결같은 지켜냄은 계속된다.

　온 세상에 자리하고 있을 그들은 지금도 자신들의 결코 바보 같지 않음과 자신이 묵묵히 지켜 가던 사랑의 기적을 전한다. 어느 책의 구절에도 나와 있듯이 사랑한다고 말하는 건 세상에서 제일 쉬운 일이다. 어려운 것은, 이제부터 그것을 증명하는 것. 그리하여 그들은 오늘도 여전히 자신의 사랑이 틀리지 않았음을 증명해 가고 있다.

°우연한 날에 만난 다른 나

어쩌다⋯ 멍하니 컴퓨터 앞에 앉아서 이것저것 무심코 둘러
보다 어떤 이들이 펼쳐놓은 감정들을 보면, 가끔 나와 같은 마
음들을 만날 때가 있다. 그 속의 눈물들을 만나고, 기분 좋은
함박웃음을 만난다. 극히 드문 일이란 걸 잘 알기에 그런 날은
얼굴 한 번 보지도 못했던 그들과 꽤 오랫동안 서로의 눈으로
대화를 나눈다. 내가 반가운 마음으로 그들의 마음에 미소 짓
듯이 그들도 내 마음에 미소할 거란 걸 안다.

°불려지지 못함에도 감사한 발길음

봉인되어 버린 기억.

다시 흩어졌던 기억들을 모아 다시 묶어 놓는다. 예쁜 매듭으로.

멈춰져 있는 시간이라도 상관없다. 내가 머물 곳은 이미 정해져 있기에.

그녀의 시간이 흐를 때 내 발걸음도 같이 떼면 될 일이다. 어차피 지금 현재에선 그녀의 가슴에 담긴 채 내 이름이 불리고 있진 않으니까.

따뜻함은 상상으로 느낄 뿐. 애처로운 눈물에 시리더라도 그녀가 감사하다.

°넘치고 넘치다

햇살에 비춰지는 풍경들이 물들여질 때면 그림이 생각난다.
그녀를 사진으로 볼 수는 있지만, 가끔 문득 그 모습을 그림
으로 그려 보고 싶을 때가 있다.

하지만 그림은 그릴 줄 모르기에 그저 그녀 이름만 크게 빼
곡히 그려 놓고 몇 번이고 매만지며 그토록 사랑해서 눈물조차
흘리지 못하는 울음을 터트린다. 인정하긴 싫어도 이것 또한
아픔인 건 분명하다. 꼭 그녀를 사랑하는 이유가 필요하지 않
았기에 아픔의 이유 또한 필요하지 않았다.

아니, 그 이유를 받아들이지 않은 것이다. 속으로 흘려 버린
탓인지 어느덧 눈물은 깊숙한 가슴 녘에 차올라 마음이 잠겨
왔다. 그렇게 잠시 가슴의 문을 닫았다. 아픔에 터져 버린 눈
물이라 할지라도 그녀가 그리워 차오른 것이었기에 그거라도
어딘가 하는 심정에 한 방울도 새어 나가게 할 수 없었다.

가끔 함께 밤을 지새우는 대화를 나누게 될 때면 그녀와 같
은 박자의 내쉼을 하고 있단 착각이 들 때도 있었다. 그럼에도

지금 그녀와 난 같은 호흡일 수는 없다. 서러워도 지금은 그것이 제일 뚜렷한 어쩔 수 없는 부분이다. 그래도 여전히 그녀의 낮은 소리로 내 이름을 부를 때면 가슴 한구석이 요동치며 저려 온다. 남들보단 한 자가 더 짧은 내 이름이 그렇게 들려온다. 그녀에게 불리면 늘 그런 느낌이다. 나에게 닿은 그 낮은 부름은 이내 내가 미처 대답을 하기도 전에 사무치는 거품이 되어 허공에 둥둥 머뭇거린다.

°그 계절 속에 겨우 흐릿한 차 한잔

'너의 웃고 있는 눈은 왜 이리 슬프니?'

'이제 겨우 차 한잔 흐릿하게 우려냈을 뿐이에요.'

산자락의 빗소리는 잦아들고, 깜깜하던 숲 사이로 모든 것은 남김없이 스며든 듯했다. 처음부터 남아 있던 것이 없었는지도 모르지만.

어쨌든 내가 거닐던 자리에, 나의 발길이 앉는 곳에 뚜렷한 사계절이 오고 감이 없는 건 사실이다. 그래서 난 하나의 계절에 살고 있다. 그곳은 춥고 외롭지만, 그렇다고 겨울이라 할 순 없다. 세찬 바람이 날리더라도 얼어붙게 할 눈보라까지는 몰아치질 않으니 감지덕지라 여기는 나의 외마디 한숨은 노래의 마디처럼 다시 흘러간다.

°모래 되어 부여잡는다

어느 순간부터 당신을 만나러 갈 때마다 나를 깨운다. 부르다 잠든 나를 깨워 멍해져 있는 나와 함께 준비를 하는 것이다. 그러곤 그 멍해져 있던 나를 마음에 담아 두고 집을 나선다. 당신도 그런 나를 보고 싶어 하진 않을 것이기에.

이러나 저러나 내 마음을 마주해 주지 않을 거란 건 알고는 있어서 그만큼의 떨림은 심해지지만, 그래도 어떡하겠어. 어떤 모습으로 나를 바라보던 내 눈에 당신이 담기는 시간인 걸.

모래로 이루어진 테이블처럼 손길을 기다리는 나에게 당신이 무심코 손을 뻗어 무언가를 그리거나 적으면 난 흩어지지 않게 하려 어차피 손에서 새어나갈 모래 한 줌 같은 당신의 허무한 안타까움을 부여잡는다. 어쩌다 그 모래에 눈물이라도 떨어뜨리는 날엔, 모래와 섞여 질게 뭉쳐진 당신의 서글픔을 품에 안고 돌아올 수 있었다.

내 부서짐으로라도 건네야 할 웃음을 위해, 가슴이 내려 앉음 따위는 손에 꼭 쥔 채로 난 당신의 아픔 전부를 가져와야 하는 사람이니까.

°누淚

나는… 그저, 잠시만. 울고 싶었다.
너에게 들키지 않을 정도만이라도.
아무것도 보지도 듣지도 못하는 나를.
그런 나를 붙들고 매달렸다.

'내 눈물에 너는 따라 나오지 말아라. 애타는 눈물이어도 한
번 흐르다 말면 그뿐이니, 제발 너는 따라 흐르지 말아라.'

나는… 너를… 어째서 그토록 사랑하는 건지.
더더욱 울지 못해… 차마 웃어 버린다.

°저 너머, 그곳엔

가느다란 어느 빗줄기에 그녀의 웃음소리가 묻혀 있는 듯하다.

그녀를 감싸고 난 뒤부터 많은 비 내림을 보아 왔던 것 같다. 못내 그리워 헤매어 도는 내가 안타까워 보내 준 바람의 선물인가? 그럼 그녀의 웃음소리가 묻혀 내린 빗물로 고인 개울가 어딘가엔 내가 떨어뜨린 미소도 담겨 있을까?

그래. 이렇게 비도 있어야 하겠지. 햇살만 찬란하다면 내 사랑이 더 크게 자랄 순 없을 테니까. 그리운 말이 아리아리 맺혀 차마 마주 보고는 전하지 못하는 이야기들을 그녀의 꿈속에 건네 주었으면 한다. 못다 한 이야기들은 잠에선 깬 그녀의 기분 좋은 눈 뜸에 아침이슬이 창가를 두드려 귓가에 울리길.

눈부시게 햇살 가득해야 할 그녀의 정원을 물끄러미 바라보는 내 자리는 그늘진 담장 밖 너머. 내 말 한마디는 선명히 전해져 제발 사라지지 않길.

사랑해.

°기다림 조각

허락되지 못한 사랑은 멈춰져 있는 시간을 만든다. 일단 그
곳에 갇히면 심한 몸살을 앓고 나야 탈출방법을 찾는다. 우선
은 얻으려 다가섬이 먼저가 아닌, 기다림의 침묵이 자리를 틀
고 앉아야 한다. 그리고 그녀를 사랑하며 하나씩 떠올렸던 조
각들을 상자에서 꺼내어 풀어놓는다. 조각들은 뿔뿔이 흩어져
있어도 결국 하나의 큰 떨림으로 다시 곁을 쓰다듬을 것이다.
언제나 내가 거리를 가늠할 수 있는 곳에서 맴돌며 그녀가 보
고픔을 대신해 주었기 때문에.

눈물은 흘리지 않았다.

°아직… 아직이다

말을 하고 있지 않아도 다 알아들을 수 있는 건 마주하는 사이일 때보다 짝사랑일 때 더 빛을 발휘한다. 눈망울 속 저 깊은 곳까지 매만져 맘속의 대화를 시도해 보는 노력으로 인해 생겨나는 초능력이다.

각오해야 한다. 무척 추울 것이다. 도와줄 이는 아무도 없다. 제정신을 가지고는 함부로 마음먹을 수도 없음이다. 외사랑의 마음 졸임에 비해 상대의 속도는 빠르다. 사랑에도 정성을 비웃어 파괴시키는 반칙이 존재한다. 안타까운 건 그 반칙에 더 열광한다는 사실이다.

스포츠 경기와는 달리 오직 한 사람의 MVP를 향해 누가 봐도 신사답고 열정을 다해 집중한다 해도 결국 그 사랑은 사탕발린 반칙과 적절한 옐로우 카드(Yellow card)에 의한 눈도장을 받게 된 이들이 최우수 선수(Man of the match)가 된다. 경기에 최선을 다한 이는 멍하니 라커 룸(Locker room) 안으로 밀려나 이기고도 진 억울함과 안타까움에 마음을 글썽인다. 그러나… 그래도 아직… 아직은 아니다.

°멍울져 가는 길

빈 가슴에 그래도 어떤 것이든 넣고 싶었는지 자꾸 쓸어 담았다.

미소, 붉게 젖어 가던 눈망울, 뒤이어 떨구던 눈물, 스쳤던 손길, 모진 말들까지도.

뭐 어떠하리. 이거든 저거든 다 그녀인 걸.

눈을 떠도 깜깜할 뿐인 나의 허공에 빛나는 유일한 하나. 벌써 몇 번의 꽃망울들이 피고 졌는지. 전하기 위해 간직해 오던 내 가슴의 꽃은 언제나 활짝 피어 있었건만, 단 한 번도 전할 엄두조차 내지 못한 채 그녀에게 가는 길목에나마 고이 심어 놓고 바라본다. 마음은 매일매일을 애틋함으로 그녀를 만난다.

그런데 사실 난, 운이 좋아야지만 가끔씩 그녀를 실제로 만날 수가 있었다.

°그때는… 그래 줄까?

당신 그거 모르지?

당신을 만날 때마다, 만나자마자. 난 늘 당신을 들여보내는 준비를 해.

단순한 것, 조그만 것 하나라도 이기적일 수는 없잖아.

어떤 것이든 바라지도, 기대하지도 못하는 것이라고도 해 두자.

언젠가는… 아주 오랜 세월이 흘러서도 여전히 곁에 있을 내 마음 구석이 아닌 전부를 알아봐 줄까?

내가 아주 많이 사랑했던 당신.

전부를 다해 사랑하려 애쓰던 많은 날들. 언제나 당신이 먼 저이기에 이까짓 아픔은 추운 가슴 한편 뒤에 시리게 얼어붙 은 채 숨겨 두고 살던 나의 이야기들.

그럼에도 내 꿈인 당신이 희망이라 기억하며 벅차서 쓰다듬 던 눈물들.

그때는… 그때는… 알까? 백발이 되면 그때는… 내 손 전부 가 아닌 새끼 손가락이라도 잡아 줄까? 그때는… 애썼다… 말 해 줄까? 그때는.

Vampire Lipstick

°눈물 향으로부터 시작되었던

당신이 아픈 마음에 전화가 올 때면 나도 모르게 심장이 철렁한다. 굳이 당신에게 전해 듣지 않아도 울리던 순간부터 이미 내 마음은 울어 버린다.

수화기 건너편, 당신의 떨림 속에 가슴 찢어지는 눈물 향이 통곡하는 내 심장 속에 퍼진다.

그때부터야. 그때부터 나에게도 모자란 아주 따뜻한 하얀 빛을 찾아 다니기 시작했어.

내가 지니고 있어야 당신에게 더 따뜻하게 물들여질 수 있거든.

°바람을 마중 나온 산책

산속의 예쁜 오솔길. 오랜만에 바람을 만난다. 등 뒤를 감싸
주던 느낌에 그녀가 있다.

바람이 그녀를 묻혀 온 모양이다. 맘껏 내 가슴에 끌어안는다.

내 안음도 바람에 묻어 가만히… 조용히 날아가 그녀의 등
뒤로 가고 있다.

°많은 날… 많은 시간…
하나를 위해 살아가고, 죽어간다

어두운 밤. 잠이 들어야 한다는 서글픔. 깊이를 알 수 없는 한숨으로 애써 눈을 감고 죽는다.

잠이 드는 건 죽는 것. 지금 난, 죽어 있다.

지나간 하루에 미처 전해지지 못한 이야기를 남겨두고 밤 인사의 안녕을 보내며, 꿈속의 전함을 기약한다.

나를 다시 찾아 준 푸른 새벽, 입술에 흘러 나오는 시작의 인사.

아침을 맞이한 건 살았다는 것. 나는 살아났다. 살아 있다.

다시 만나게 될 지난밤 꿈속의 포근한 자리 매만지고, 눈을 뜬다.

삶과 죽음이 반복되는 일생의 시간 동안 나에게 넘치게 가득 찰 그리움을 채우고 채운다.

내 속의 많은 눈물이 저 하늘에 붉은빛 울음소리로 뿌려진 대도.

지켜내기 위해.

°간청懇請

많이도 말고요. 조금만 용기를 내 줄래요?

나도 당신처럼 너무나 겁이 났었거든요. 내게 사랑이 앉아준 것이.

내 품에 용기가 안겨 있습니다. 두 손엔 싹 틔운 각오도 함께입니다.

새로운 파도처럼 파랗게 일렁이는 행복으로 저를 찾아 주세요.

°사랑[명사]

가공할 만큼의 치명적임이기에, 신조차도 어쩌지 못해 인간
들에게 내버려진 것. 여기서 말하는 신은 어느 누구도 본 적은
없음. 주로 감탄사나 절망이란 감정에 자주 등장하기 때문임.
신에 관한 자세한 내용은 다음 페이지에.

이렇게 백과사전에 실려 있으면 어떨까?
그리움을 연관 단어로 지정해서.

°팽개쳐진 피눈물

창가 틈 사이로 그때의 시간들이 깊게 배어 있다.

털어내던 담뱃재를 따라, 내뿜는 연기를 따라 같이 흐르고 있다.

깊게 맺힌 이름도 저 혼자선 나오고 싶지 않았나 보다.

스스로 그리움답기 위해 서글픈 혼자의 흐름보단 조금이나마 있어 보이는

그 담배 연기를 따라 나오고 싶었나 보다.

시린 가슴도. 눈물도. 통곡은 싫었나 보다.

하지만 예전, 그때의 그 창가엔 피눈물이 도장 찍듯 처박혀 있었다.

°그대 숨결을 담아내는 노래

가슴이 깊게 패여.

눈물이 고이고 고여.

그리움이 그리움을 그리워하듯 노래를 부르고 있다.

본인이 아니면 들리지 않을 그 노래. 본인이 아니면 노랫말도
느낄 수 없을 그 노래.

결국, 간직함을 담은 노래.

그 주인공은 내 노래의 이야기를 알고 있다.

°술을 마시다가

그리워서. 슬퍼서.

터질 듯이 울고 싶다가도 결국 실없는 웃음만 뱉어내는 지금. 반가운 밤하늘에 손을 내밀어 본다. 구름이 비틀비틀거리며 고개를 떨군다.

'별들이 한창 날갯짓을 하는 어둠인데, 밤에도 구름이 보이는구나. 그럼 넌, 이 시간에 나한테 뭘 전하려는 거니? 이유야 어쨌든, 저 달은 감추지 마.'

°붉어지면 허락되길

붉은 달. 적월(赤月).

차갑게 비춰지던 그 달빛 아래. 그리워 목 메이던 내 눈물 아래.

그림자가 다시 드리워질 때쯤 희미해지는 내 가슴의 떨림을 더 이상 느끼지 못해 눈으로 애써 전해 보지만 가슴으로는 말할 수 없는 붉은 마음.

시간이 허락할까. 잠시만이라도… 그 시간이.

°Vampire

찬란하다 못해 너무나 아름다워서. 소름이 돋는 달빛 아래에 누워 목을 뜯기는 기분.

아름답다 못해 눈물이 날 것 같아서. 흘린 눈물을 주워 담기도 전에, 목에 입 맞추는 그 입술의 진함. 고통의 황홀함. 그 둘이 하나일 때, 또 완전한 하나가 돼.

°프리지아

프리지아.

내가 그렇게나 좋아하는 그 프리지아.

차가운 계절에만 피어나던 모습이라 언제나 그 두 눈에 담게 해 주려 눈물로 접어 가던 그 프리지아.

그 시간 속에 머물러 있길 바라.

기억에선 놓쳐 버렸던 그 손길로 감싸 주길 기도해.

애틋이 젖어 있던 당신의 말은 가슴에 한숨으로 남지만, 프리지아의 눈물 속에 묻혀둘게.

°슬픔이 슬픔에게 눈물을 안겨

슬픔이 너무 슬퍼서 그 눈물을 따라 같이 눈물을 흘린다.
결국, 눈물도 눈물을 흘리고 만다.

°마지막 선택으로 얻은 마법

할 수 있는 일, 하고 싶은 일보다 해 주고 싶은 일들이 더 많이 생긴다.

화를 낼 일보다 입가에 미소가 지어지는 일들이 더 많아진다.

텅 비어 있는 행복. 그래도 행복이란 말은 어울린다.

눈물은 늘어난다. 감추는 눈물. 흐르다 부서져 슬픔마저 멈춰야 하는 눈물.

손을 잡아 내 심장 소릴 건네기 전까진 더 많이 멈춰 있어야 한다.

아프다. 아파야 하는 게… 맞다. 그러나 아픔 안에도 그녀가 있어 준다. 그래서 버팀이 된다.

이 모든 건 자신의 삶의 마지막 선택이었을 때에만 절대적으로 가능하다.

마법이다. 마법을 얻게 된다.

이 마법의 이름은 [Danse-t-on Pierrot?], 당신도… 나와 춤출래요?

당신의 눈물은 내게 있습니다. 그 손만 내게 얹으면 되지요.

°괜찮아? 괜찮아

괜찮아? 부르기에.
울며 애타게 찾기에.
괜찮아.
손이 가리키는 곳, 발걸음이 쉬는 곳, 눈길이 향하는 곳, 눈
을 감아 머무는 곳.
그곳이 어디든, 나 여기… 있어.
괜찮아.

°그때··· 겁이 났었다

"네 이야기를 소설로 써 보면 꽤 괜찮을 거야."

'나의 이야기가 왜 소설이어야 하지?
지금의 사랑에 각색이 필요한 건가?'

그 말을 건넨 선배에게 똑바로 말했다.
결코 소설이란 장르를 비하한 것이 아니라고.
한 순간 한 순간마다 눈물이 아닌 적이 없었다고.
내게 그녀가 그려질 때마다 슬픈 연주의 통증이 퍼지지만,
받아볼 그녀에겐 행복한 멜로디여야 한다고.
그렇게 선배에게 화를 냈었다.
선배는 당황하는 기색 없이 내 옆자리로 옮겨 매우 태연한
표정과 말투로 웃으며 말했다.

"그러니까야. 그러니까. 네 마음이, 네가 하고 있는 그 사랑

이 소설 같으니까. 세상이 지랄 같은 건지, 인간이 지랄 같은 건지. 네 이야기를 격려하고 안타까워해 줄 사람이 아주 가까운 지인들 말고 누가 있기나 하겠니? 더군다나 혼자 제 가슴 쥐어뜯어 가며, 아무렇지도 않은 척해 가며 하고 있는 사랑인데? 아마 없을 거다. 너를 비웃으려던 게 아니야. 나는 언제나 네게 박수를 보내 안타까운 마음에 위로가 되어 볼까 하고 했던 얘기야. 나야 네가 하는 사랑이라면 충분히 네가 그러고도 남을 놈이라는 걸 잘 알고 있는 사람 중에 하나니까. 그래도 오해가 됐다면 미안하구나."

선배는 얘기를 하는 중간중간 말끝을 멈추며 날 지그시 바라봤다. 지금 와서 떠올려 보면 선배는 날 안쓰러워했던 것 같다. 안타까움 반, 격려의 마음 반으로 손등에 손을 얹고 남은 말을 이어 가던 그런 선배의 말에 그 어떤 말로 대꾸할 수도 쳐다볼 수도 없었다.

어찌 보면 그녀를 가까운 사람이라 여기며, 마음을 전하며 그녀를 지키고 있는 건 나 스스로 행하는 의식 속에서 외친 마법 같은 주문일지도 모를 일이었다.

참 서글펐다. 한때 내가 일순간 겁을 냈었다는 것이. 공을 던

질 때 누군가 받아줄 이가 있다면 언제, 어느 때, 어디에서 다
시 날아 오겠구나 할 수 있지만, 나는 막연히 던질 뿐, 다시 나
에게 공이 날아올 부푼 기대와 준비를 할 수가 없음이니 겁이
날 만도 했다.

적막한 새벽. 나는 나를 다독여 줬다. 그럴 수 있다고. 겁낼
수 있다고. 그녀는 잘 간직해 주고 있을 거라고.

차갑게 푸른 새벽. 하얗게 꺼져갈 때쯤 나를 어루만져 밝히
며 전부를 태워 가던 촛불 속에 그녀가 아른거렸다. 거기. 그녀
가 있어 주었다. 그녀의 사진은 여전히 내 심장 소리를 듣고 있
었다.

나 또한 여전히 서성이거나 머뭇거릴 이유는 없다. 쓸쓸할
거라는 건 이미 많이도 알고 있다.

드문드문 입술이 떨려 왔다.

°붉은 장미가 되어 주는 것

무심한 시간 속. 너의 미소가 날개를 달아 내 가슴에 안겨
든다.
옅게 흩어진 내 숨소리는 가여운 그대를 닮았다.
흰 장미를 주렴.
어차피 내게 닿으면 붉게 번질 테니.

°잠시만… 나가 있어

내 마음은 내 관심 밖이다. 그게… 낫다. 지금은.
그녀의 마음 곳곳에 콜라주로 스며들기로 한다.
심장이 욱신욱신 쑤신다.
익숙한 공기냄새가 스친다.
그녀와 처음 택시에서 악수를 나눴을 때 닿았던 그 냄새.

°당신은 안전해

아픔이 곪을 대로 곪아 있는 그녀는 너무 미안하지만, 쉽게 믿질 못하겠다 했다.

문을 열기가 두렵다고 했다.

그런 그녀에게 내가 그랬었다. 믿지 말고, 문도 꼭꼭 닫아 놓으라고. 내가 지금 열쇠가 없어 찾고 있으니 당신 올 때까지 기다리면서 앞마당도 좀 쓸고, 주차도 각 맞춰 멋지게 해 놓고, 큰 길가에 가서 나의 당신 좋아하는 맛난 거, 예쁜 거 좀 사 들고 올 때쯤이면 열쇠를 가진 당신이 도착할 테니까 그때 같이 열고 들어가면 된다고.

당신이 한 발짝 내어 놓으면 뒤에서 문단속은 내가 하니까 당신은 염려 말라고.

당신은 안전하다고.

°젖은 편지

하루가 멀리 가며, 하늘이 눈을 감고 별이 깨어나는 시간, 당신 손엔 차마 쥐어 주지 못할 편지를 쓴다. 기지개를 켠 밤은 지나간 그림자를 만져 준다. 아쉬움에 꿈 자락이나마 거닐어 보려는지.

내 눈 속에 당신을 데려온다. 당신을 통해 아름답게 펼쳐진 풍경을 당신 또한 딛게 해 주려고.

그런 나에게 당신은 마치 체한 듯 걸려 있다. 안타까운 당신의 아픔에 대항하며 늘 아쉬운 나의 사랑은 그렇게 얹혀 있다.

살지 않고, 견뎌 낸다. 동이 틀 무렵 희미하게 비추는 빛 내음.

다시금 별들도 잠이 들려나 보다.

°오직 나만이 미치는 성

마음껏 그리워할 순 있어도 닿지 못해 안타까운 성이 있다.

차갑지만, 또 차갑지 않은 따뜻한 곳이기도 하다.

소리 내어 불러도 목놓아 울어도. 나의 간절함은 메아리로
가슴을 찌른다.

그리운 목소리. 부디, 내 이름을 불러 주길. 어떠한 창과 화
살이라도 내 반드시 맞을 테니.

그대가 직접 내 마음을 베어도 나는 아픔을 느끼지 못해.

베어진 마음 수많은 눈물로 삼켜내고 또 삼켜내어 몇만 번이
고, 몇 겹의 생이고 고이고이 전할 테니 그대는 그저 늘 그래
왔던 것처럼 머물기를.

청이 아닌 이것 또한 전함이니 그대 눈에라도 밟혀진다면,
그때라도 부디, 이름을 불러 주길.

°볼펜과 나

　매번 흐르는 눈물과 함께 손에 쥐고 있던 볼펜 하나. 흐름이 서서히 멈춰질 때, 볼펜의 잉크도 초라하게 말라가고 있었다. 그렇게 볼펜과 난 한동안 눈물로 많은 걸 써내려 갔다.

　당신을 마주할 때도, 아파서 지쳐 있을 때도, 그리움이 두 눈을 만져줄 때도.

　볼펜은 그렇게 오랫동안 나와 함께 울어 주었다.

°손수건도 슬픈 거야

밤새 당신을 놓지 않고 슬픔을 닦고 있을 때에도 나를 감싸 주던 건 오래된 손수건.

많은 시간 동안 그 손수건에게 묻혀 갔어. 무너짐도 같은 슬픔이 되어 고요한 시간이 되면, 녀석은 어느새 얼굴에 입맞춰 주고 있더라.

그래서 동트는 새벽엔 언제나 새 단장을 시켜 주곤 했어.

다시 찾아오는 그 고요함에 우린 또다시 만나야 했으니까.

°희미해도, 길을 잃지 않는다

매끄럽지 못하더라도, 허우적거릴 늪 같은 곳이라도, 울퉁불퉁 거칠고 날카로운 길일지라도 엎드려 기어서 허우적대며 상처에 피로 얼룩짐을 닦아, 그렇게 어떻게든 한 발 한 발씩 발자국을 늘어뜨리며 나아가고 있다.

붙들고 있지 않으면 보일 수 없을 희미한 연결은 다행이 끊어지지 않고 있었다. 그래도 두렵다. 그러기에 더욱 미친 듯이 수백 번이고 그녀에게 말해 주고 싶었다. 네 앞에 있는 난 거짓이 아니고 사실이라고. 난 내가 아니라 너라고. 어느 것 하나 네가 아닌 것이 없다고. 날 똑바로 보라고.

그녀를 위한 내 사랑이 언제부터였는지, 기억이 나지 않길 바라 본다.

°멍청한 놈

마지못해 발길을 돌렸어.

밟히는 바삭한 낙엽이 가슴에 짓이겨지듯이, 하나하나 무너 지듯이 소리가 요란하더라.

그런데 날 부여잡는 거야. 그 소리가 그렇게도 날 잡더라.

애잔한 소리처럼 여기기엔 너무나 많이 와 버린 시간의 공간.

난 이미 그때의 공간에 묻혀진 지 오래였었고,

텅 비어 버린 빈껍데기만이 다시금 그 미련에, 처량한 낙엽 소 리에, 그 소리에 멈춰 버린 그 마음에… 또 다시 나를 던졌어.

°왜 그래야 하는지

남겨진 빈자리. 식상해.

당신이 없는 그 자리가 왜 남겨져야 하는 걸까.

당신이 곁에 없는 것은 내가 가슴 치며 고이고이 비워 놓았기 때문인데.

당신이 무언가를 남길 수도 없이 말이야.

미안해. 미안해.

°어떤 식으로든

저마다의 푸념과 일상의 소소함을 꺼내어 보는 소박한 술자리. 예쁜 사랑이 피어난 이야기.

외로운 짝사랑이 눈물을 닦아낸 가슴앓이. 담배연기 자욱한 시간 속에서도 어느 것 하나 아름답지 않은 마음들이 없다. 들뜬 술자리가 분위기를 가라앉힐 때쯤, 짝사랑을 심하게 앓고 있는 동생 녀석이 묻는다.

"만약에 형이라면 짝사랑하는 사람에게 어떨 때 안도감을 느낄 거 같으세요?"

안도감이라. 오히려 긴장감이 몇 배는 되지 않을까? 그래. 조심스럽고 일방적이다 보니 표현에 따라선 안도감일 수도 있겠구나. 살짝만 웃어 줘도 그날 하루는 슈퍼맨이 되는 날일 테니까.

나 역시도.

"나? 내가 남긴 톡 메시지 옆의 숫자 '1'이 사라졌을 때 아닐까? 그 사람이 읽었든, 읽지 않았든 한 번쯤은 내 항목을 누르고 스쳤을 거 아냐. 만약에 아무 생각 없이 읽기만이라도 해줬으면 그건 말할 필요도 없을 거고. 그래도 아프겠지만."

PART · 5

Poison Espresso

°이 꿈… 정말 싫다

잠깐 잠이 든 꿈속.

앉아 있던 내 무릎 위에 당신이 앉아 날 바라보고만 있는 거야.

둘 다 말없이 서로를 보기만 하지.

당신이 내 가슴에 손을 얹는데, 잠에서 깨어 버렸어.

그런데 참 신기하지? 분명 잠에서 깼는데, 내 무릎 위로 당신이 앉았던 무게와 체온이 느껴지는 거야.

어쩌자고 그 꿈에 온 거였니?

쉬지 않고.

°잘 부탁해야지

원하던 이름.

원하는 손길.

원했던 포옹.

원하고픈 사랑.

해와 달이 내일을 기약하는 그 시간에 항상 진한 향 내음 같은 당신의 모습이 피어올라.

그때는 바람의 어떠한 투정도 받아줄 수가 있어. 분명 오늘도 전해줄 걸 알거든.

나 대신 내 마음도 곁에 데려다 줄 테고.

°그리운 거래

부산의 바닷가.

차디찬 겨울 밤의 바닷가는 유난히도 까맣다. 그 공허한 곳을 바라보는 내 눈가는 흐릿한데, 그 안에 선명히 비춰지는 그리움 하나가 있다.

쓸쓸한 바다. 파도에 비춰지는 얼굴. 그 얼굴 건져 허공에 그리운 손짓.

가고픈 마음 바람이 더 빠를 것 같아서 약간의 감기를 거래로 강풍으로 부탁.

거미의 「내게로 오는 길」. 유재하의 「그대 내 품에」 반복.

강풍을 장착한 바람. 출발.

°건조한 침묵

뱉으려다 삼키는 건조한 말 한마디. 내가 건조해지는 건지, 건조함이 날 가지고 노는 건지.

어쩌면 나에게 필요했는지도 모르지.

희한한 습관이 하나 생겨 버렸다. 꽤 오랜 시간 침묵을 유지하는… 침묵은 진리라지만, 내가 이렇게까지나 할 수 있다니. 침묵한 만큼 가슴은 저려 온다. 침묵의 좋은 점은 견딤이 강해진다는 것. 생각지도 못한 모진 말을 들어야 할 때 가공할 블랙홀을 만들어 낸다. 전엔 그 말들로 무너져 무릎을 꿇고 가슴에 멍이 가실 틈 없이 남몰래 두들겨 댔던 날에 비웃음을 던졌다.

그녀를 위해 내가 할 수 있는 일은 온전히 그녀를 이해하는 것. 어떠한 모습이라도 상관없다는 식상한 표현의 책임만큼, 머금었던 그 다짐이 나의 손 뻗음과 일치하는 것.

언제고 어디서든, 내가 그녀의 변명의 도구가 되어주는 것. 도착할 집이 되어 있는 것.

°침묵의 용기

안타까워 미칠 것 같아도 지금 내가 해야 하는 건 하나의 절실함이 아닌, 어떠한 형태와 마음으로든 곁에 있는 것이고, 틀어 막혀 겨우 흘려버리는 눈물을 기쁨으로 맘껏 흐르게 하는 것이다. 지금은. 지금은 내 사랑이 그런 안타까움으로 손을 잡게 해야 한다. 누군가 그랬다. 사랑은 죽음과도 같은 달콤한 고통이라고. 그런데, 하물며 사랑을 간직하지 못해 다시 잠든 눈으로, 보이지도 못하는 큰 시련으로 아픔을 쏟아내게 할 수는 없잖아. 그러기 전에 나 또한 지난날 깨트려 버린 무너진 파편들을 치워 버려야 해. 살갗을 뜯는 날카로운 구덩이 속에 손을 넣어야 한다는 걸 감수하고서라도 말이야. 나를 지우는 거지. 그녀만 채워질 수 있게.

먹먹히 바라보는 시선엔 절망이 안겨 온몸을 감싼다. 그러나 희망이 내 등에 업혀 있어 한숨은 습관 되어 떨림을 소리치지만, 무섭지 않다.

°A light sleep

깨고 있어. 자꾸자꾸. 원래 처음부터 잠들지 않았던 것처럼.

눈을 감았다 다시 뜰 때마다 거짓처럼 보여지는 선명하지 않은 당신 모습.

그 찰나에 보여지던 그 모습을 어디든 사진처럼 남겨두면 좋으련만. 그래도 내 눈엔 선명한 걸. 닿지 못하고 있는 애달픔. 눈물과 함께하는 나지막한 부름.

메아리.

°붉은 연못

내 눈물의 건너편을 무심코 바라볼 때가 있어.

온통 흘러간 마음은 당신에게였듯이 피눈물처럼 흐르던 애탐은 수만 리 끝으로 펼쳐져 붉은 연못을 이루고 있더라. 달빛이 유난히도 붉었던 건 내 눈물이 비춰졌었던 건가?

그래. 그래서 붉은 달이었던 거였어. 내 맘이 고일 때마다 그 맘은 눈물이 되어 떨어지고, 떨어진 그리움이 흐르고 흘러 건너편에 닿으면 피눈물 되어 또다시 붉은 연못을 채우지.

절대로 줄어들지 않을 깊은 연못. 절대로 마르지 않을⋯ 사랑.

°스치고, 닿는데 아른거려. 그러곤 꿈을 꾸지

뭐든 스치는 것마다… 뭐든 눈길이 닿는 곳마다… 애쓰지 않아도 의미가 새겨져.

그러곤 당신의 모습이 아른거리지. 때마침 안기는 시린 찬바람. 그 찬바람을 깊숙이 안고 잠이 드는 날이면, 당신 꿈을 꾸게 돼.

꿈속에서 당신을 보는 날에 그 안에서도 난 꿈을 꾼다. 단한 번쯤은 당신 꿈속에 날 데려가 주었으면 해서. 찬바람이 다시 날 데리러 왔어.

말없이 날 바라보는 당신의 손짓.

가슴이 아프다.

아프다.

°보지 못하는 게 어째서 더 덜 아픈 거지?

차라리 보지 못해 애타는 것이 더 나은 건지도 몰라.

이미 마음 한편에선 자신도 모르는 사이에 빛 바랜 기억으로의 새김이 시작된 거거든.

그리움은 스스로의 의지이기에 어떤 식으로든 놓을 수 없다 해도 가슴을 다독이겠지.

정말 미치도록 아픈 건, 마주앉아 바라봐도 보고 싶다는 거야. 사진이든, 눈앞의 모습이든.

그저 보고만 있어도 너무나 그리울 때가 있어.

그런데 웃기지? 그런 안타까운 모습이라도 내 눈물에 흐려졌을진 몰라도.

제발 환영만은 아니길 바라니까.

°나에겐 그런 사람인데

　전에 그녀의 전 남자친구의 이야기를 들은 적이 있었다. 비틀거리는 마음에 원망 섞인 하소연을 말하면서도 그 당시가 언뜻 보고파지는 것 같아 보였다. 마침 그 친구를 그럼 왜 만났었냐고 물었을 때 아니길 바라는 내 예감은 적중해 버렸고, 내 가슴을 할퀴는 적절치 못한 타이밍의 눈물이 그녀의 눈가에 아슬아슬하게 매달려 그녀가 어서 입을 떼길 기다리고 있었다.

　아무 생각 없는 철없는 방황 속에 자신을 던져 살고 있었을 때 마침, 그 시기에 그 친구의 모습과 행동들이 자신과 다르지 않았던 걸 느꼈고, 그런 모습들이 재미있어서 만나게 되었다고 했다. 그리고 그 친구는 자기의 얘기를 참 잘 들어 줬었다고 했다.

　그런데 두 사람의 이별의 이유는 참 간단했다. 그녀가 그 친구를 사랑해 주지 않는 것 같아서라는, 순전히 그 친구의 느낌으로만 이루어진 이별이었다.

　같아서라니. 그럼 그녀를 챙겨 주고 그녀의 많은 이야기를 들어 줬던 건 뭐란 말인가? 사랑해 주지 않아서 그녀가 지금 내 앞에서 내 속도 모른 체 원망이 됐든, 하소연이 됐든 눈물을 쏟아내며, 참아가며 그 친구 얘기를 하고 있단 말인가? 사랑해 주질 않아서?

'비겁한 새끼.'

그녀의 전 남자친구에 대한 예우 차원에서 속으로 쌍욕을 해 댔다. 그 친구에겐 그렇게 쉽던 그녀와의 관계가 나에겐 친구라는 원치 않는 이름으로 새벽을 보내며 마주 앉아 있다는 것이 초라했고, 화가 났다. 그래서인지 모든 이유가 말도 안 되게 그 친구에게로 치우치기 시작했다.

'너 때문이다, 이 새끼야. 너 때문.'

그 친구의 가벼운 마음이 그녀에겐 사내에 대한 불신의 결정적 한방을 제시한 것이었다.

그 뒤에 나란 놈이 나타나 왠지 그녀를 괴롭히는 것처럼 죄책감이 들었다.

그녀는 나의 마음에 고마움을 전했지만, 난 언제나 미안했다. 자신감하고는 상관없는 문제다.

지킨다는 자신감은 넘치고 흘렀으니.

그리고 사랑했다. 미안해했고. 지금도.

°평생 모자랄 사랑

'하루만이라도'라며 매일을 곱씹고 견디며 시간을 흘려 보내고 있었다.

어느 날, 그래. 그 어느 날. 당신을 담은 것이 어쩌면 나를 깨우는 게 아닌가 하는 실낱 같은 희망처럼 포근히 앉았다.

내가 무언가를 위로 받아야 한다기보단 내 모든 걸 걸고 지켜야 할 사람으로 당신이 온 거다.

자물쇠에 굳게 잠겨 있던 깊숙한 방에선 열쇠를 찾기 시작했고, 돌보질 못해 방치했던 열쇠는 그 형체를 알아볼 수 없이 안타까운 흔적이 잔뜩 묻어 있었지만, 몇 날을 미안스레 움켜진 채로 달래 주어 방 한쪽의 창문을 열 수 있었다. 힘겹게 창문만을 열어 두었던 방은 어느새 방문을 활짝 열어 놓고 있었다. 그러곤 당신의 눈물과 사무친 마음의 응어리들을 방으로 데려오기 시작했다. 다시 문지기로 나를 데려온 것이다. 나조차도 내가 안타까워 기약 없는 여행을 보냈던 그런 나를 제자리에 앉게 한 것이다.

어떠한 표현이고 아깝지 않은 것이 아닌 표현마저 함부로 쓰기 싫을 만큼 그 표현에 흩어져 버릴까 봐 겁이 났다. 두 손을 힘껏 펼쳤다. 반드시 해야만 하는 말들은 스스로 묻어둔 채 당신이 원하는 것이 무엇인지, 당신의 서러움과 아픔이 무엇인지부터 헤아려 갔다. 온전히 당신을 위한 나의 하루하루다. 언제나 편안한 하얀 잠 속으로 길을 내어 주는 당신의 가녀린 목소리.

내가 버텨내는 이유. 나를 살린 사람. 당신. 잘 자고 있니?

그리도 처연하게 부르고 다시 또 부른다.

°화장을 지운다. 피에로는 *Démaquiller. Pierrot*

피에로의 의미는 누구나 알고 있듯, 슬픔과 외로움을 말하는 것으로 기억된다.

진한 화장에 묻혀 슬픔에도 웃는 얼굴로 가려야 하는 서글픔.

난 스스로 덧칠해 버린 그 화장을 지우고 싶었다. 슬프면 내가 지금 슬프다고 외치고 싶었고, 눈물이 흐르면 때묻은 손수건이라도 건네 달라 말하고 싶었다.

여러 색이 엉망으로 번져 흐르는 눈물이 아닌, 정말 내 눈에서 넘치는 투명한 한 가지의 설움을 떨구어 내려 했다.

지나가는 여러 그림 속에 나름의 사연 깊은 사랑들을 만난다. 그런 사랑 이야기들 틈에 차분한 발걸음으로 함께 어우러져 내 사랑도 결코 틀리지 않음으로 웃음 짓는다는 걸… 안다.

°그도 그랬을까?

같이 바라보는 애틋함이었다면 지금처럼 답답할 수 있었을까? 꽉 막힌 구멍에 자꾸 뭔가를 집어 넣는 기분. 무엇으로 속을 태우건 지금보단 훨씬 몇 배는 나았을 거다.

추해지는 욕심을 다스리려 한강의 불빛 속에 시선을 고정시킨다. 저기 저 거니는 연인들에겐 기억 속에 간직될 예쁜 밤. 그래도 내 사랑이 더 멋지다며 콧방귀를 뿜어 대도 스멀스멀 밀려드는 부러움에, 이글거리는 시기와 질투가 오히려 내 의지를 비웃는다.

자기 연인의 어깨를 감싸 쥔 저 사내도 저렇게 되기까지 나와 같은 저림으로 끝을 알 수 없는 흙빛 터널을 지나왔을까?

°유령의 그림자

보이는 곳에선 존재할 수가 없는 유령.

사랑하는 이의 마음도, 볼 수 없는 현실도 유령과 다를 게 없어.

그 유령의 그림자라도 닮아 가려 애쓰는 붉음과의 거래.

유령은 분명 그림자가 있어.

°추억의 안녕

추억을 많이 만져 본 물건들의 먼지들이 쓸려갈 땐 그 추억
들도 뒤돌아 손짓하는 것 같아.

차라리 눈물로 새겨 놓을 걸 그랬어.

그럼 그 기억의 조각에 스며들어 간직될 수 있었을 텐데.

°서운한 마음낚시

눈물은 흐르는 그 순간뿐이다. 흐르는 이의 마음까지는 같이 책임져 주질 않는다.

내 눈물을 알아본다. 내 웃음을 알아본다. 붉게 부풀어 터질 것 같던 내 혈관 하나에 젖어 있는 그리움 하나 걸어 밤하늘 까만 호숫가에 던져 놓는다.

°설레던

작게 커진 촛불의 끝에 눈물 가득한 그리움 하나 띄운다.

불씨가 다 스며들 때쯤이면 멎게 될까? 어둡겠지만, 기억할 만큼은 밝은 걸.

편지엔 새하얀 것만 남기고 싶은데, 미처 가는 그리움에 더 채우게 돼.

다시 그리움을 갖게 된 내 마음엔 축하를 하지만, 반복되던 슬픔은 이제 조금만 더 천천히 다가오길.

°행복한 어깨

바람과 눈이 마주쳤어. 바람의 눈물. 내 어깨를 빌려줬는데, 그런 내 어깨인데도 잠시 쉴 만했나 봐.

오늘은 바람과 햇살이 다투었지. 햇살이 이불을 덮으면 바람은 달빛에게 어리광을 부릴 거야.

달빛은 여전히 받아줄 테고.

°차가운 낙서

마음엔 언제나 고운 빗질만을 하려던 나는, 어느새 그 마음에 낙서를 채우고 있었어.

빨갛게… 빨갛게… 검게… 검게… 하얗게… 하얗게….

나는 담고 있는 내가 아닌 숨 쉬는, 느끼는, 진짜 내가 되고 싶었거든.

아직은 여전히 차가워.

차가워. 손이 시릴 만큼.

°Tears Orchestra

한마디의 한숨 조각이 감겨진 눈 끝에 닿는 순간, 눈물의 오케스트라가 시작된다.

오선지가 되어 버린 못난 얼굴, 닦으려는 손을 지휘 삼아 안타까운 눈물의 음표들을 수없이 쏟아내고 있어.

닿질 않아. 안개라면 괜찮을까?

안개라면 그 안개처럼 스며들어 이 연주들이 전해질까?

°RED & BLACK LOVE

까만 밤하늘. 까만 눈동자. 까만 먹물처럼 번져 가던 여전히 어색해하던 눈물.

빨갛게 토해낼 수밖에 없었던 그리움.

그 안에 희미하게나마 숨 쉬고 있는 '사랑해'.

이렇게 순간순간 당신이 되었었어. 눈가는 좀처럼 마르지 않았지.

스스로 그 눈물을 멈추지 말라 한 거야.

간직… 간직… 마음도 소리 내어 애써 당신을 새겨 주더라.

°정말로 그랬어

슬픈 이야기 속의 아련한 메아리.

슬픈 노래 속의 눈물소리.

거짓말처럼 여겨질….

정말 아파서 소리친 거야?

거짓말처럼 들려질….

정말 가슴 아파 부른 거야?

그래. 정말이야.

°착한 위선

사랑을 아련히 바라볼 땐, 꼭 아쉬움을 남겨야 하는 건가?

왜 아쉬움이 남아야 아름답다고들 하는 거지? 그 아쉬움이 더 지랄같이 가슴에 박혀서 더 보고 싶게 만드는 걸. 의지 문제라고 할 수도 있겠지만, 어디까지나 저마다의 사정은 다르기에 통일성을 주고 싶진 않아.

사람 인연 참 지랄 같다는 영화 〈사랑〉의 주인공 독백처럼 손을 뻗어도 닿을 수 없는 공간에 휘젓고 있다면, 결국 마음에 담아야 하는 건 괜스레 멋진 척 보여야 하는 헛웃음.

그렇게 스스로에게조차도 하고 싶지 않은 위로를 해야 해.

내 마음에게조차도 내 마음을 감춰야 하는 거지.

°당신이 사무친다

시간이 정말 약도 되어서 지나가 줄 줄 알았는데 가끔 혼자 멍하니 흘려 보내는 눈물이 그때의 그 간절했었던 눈물과 같 더라.

눈길에 닿아 시선이 머무는 곳에 지워지지 못할 흔적처럼 새 겨져서 아프고 고맙더라.

아직도… 아직도 내 입술이 기억하더라.

그때의 그 사람의 날 위로했던 그 애처로웠던 눈물들이 나를 그렇게나 부르더라.

애가 탄다.

애가 타서 미치겠다.

°슬픈 멋진 작곡가

같은 멜로디의 반복. 아침공기를 마시는 순간부터 새벽녘의 순간까지 떼어지질 않는 그 멜로디. 멈춰야 함을 오래 전부터 알았으면서도 꼭 멈춰지지 않는 것처럼 스스로를 속여 위로했었지.

그렇게 위선과 가식을 떨면서 유치함을 받아들이고 있다.

가슴에 추를 단 듯 맺혀서 언제나 같은 음정만이 반복되고 있긴 하지만, 쉽게 놓지도 않겠지.

놓는 순간 자유는 날 감싸주겠지만, 그리움과는 안녕이니까.

°먼 안부

간절히 하나라도 더 기억할수록.

애타게 손 내밀어 원할수록.

가까이 닿을 수 없음을 알면서도 벗어날 수가 없게 돼.

미어지는 가슴은 새어 가는 눈물을 담아 오지만, 보이지 않는 그곳으로 그래도 밝게 인사하곤 한다.

선명한 당신의 창가 모퉁이.

안녕?

°착각?

시간이 꽤 흘렀다고 느껴지는 오늘. 어제. 그리고 많은 어느 날들. 그리고 내일들.

괜찮게 견뎌 내고, 참아 냈고, 버텨 왔다고 잘난 척했지만, 어디까지나 내 생각뿐이었던 걸까?

여전히 하루에도 내 가슴은 몇 번씩 철렁이며 아려 오니 말이다.

그럼에도 얼마나 다행이야. 찢어지듯 아프기라도 해서.

'어때? 여전해?'라고 묻는 사람들에게 아무 말도 하지 않을 수는 없기에 아무렇지 않은 척 거짓을 말할 수밖에 없다. 상황에 맞춘 거친 푸념도 섞어 가면서 말이다. 다행히도 더 이상의 물음 없이 잘 넘어가곤 한다. 그들도 그런 말을 하는 내 모습이 더 보기 좋은 것이다. 내 거짓을 눈치 채고 있으면서도 어쩌면 그렇게라도 지내며 스스로를 다독이는 모습을 더 보고 싶은 건지도 모르겠다. 이미 그들은 다 알고 있는데 혼자서 모든 것이 좋다는 미소를 지으며 울고 있었던 것 같기도 하다.

그런데… 가끔 그 사람도 날 보고 싶어 했으면 좋겠다는 착
각이 들곤 한다. 때로는 진짜 그렇다고 믿고 있기까지 했다. 그
리워하는 현실이지만 그것마저 지워 버리고, 숨을 숨답게 쉬고
싶었다. 비록 뜻처럼 되긴 어렵겠지만, 그렇게 바뀐다 해도 기
억은 언제나 희미하게 남아 그것 또한 마치 나인 것처럼 마음
에 세를 놓고 살겠지. 어차피 드러낼 순 없다. 그리 되면 내 일
부분도 죽어 가는 거니까. 그러다 지독한 날이면 어느새 달 아
래 있겠지? 비쳐지는 붉은 달의 모습이 나라고 여기면서.

°여전히 그때의 분홍빛에

눈을 뜨게 되는 아침이면 천장의 무늬벽지보다 더 먼저 눈에 선명해지는 얼굴이 있었다.

나름의 오랜 시간이 지나 새겨졌던 상처가 이제는 그 딱지마저도 떨어져 나간 만큼 새롭게 다시 품게 되어 버렸다.

'그런데 어째서 아프지 않은 거지?'

'어째서 입가에 희미하게 미소를 남기는 거지?'

'스스로도 자신을 두 개로 분리시켜 다른 이의 감정이라 여기고 있는 걸까?'

　그렇다면 이건 어떠한 방식으로든 지금은 행복하다고 여겨야 하는 건데 도저히 그런 기분은 아닌걸. 어쩌면 나는 마음의 진심을 외면하고 있는지도 모르겠다. 행복해지는 건 어떠한 이유보다도 감사한 것이지만, 그렇게 된다면 눈물조각 하나를 억지로 떼어내는 듯한 아픔이 더 클 것 같다. 사실 나는, 여전히 그때의 그 속에 머물고 있는 중인 거지. 현실 속에선 빈껍데기만 제멋대로 돌아다니게 내버려 둔 채로 말이지. 그 껍데기만은 울지 않아야 하니까.

　Well, this is reality. Right here. 두려워.

°어느 날

애가 탈 만큼 들리던 음악소리가 어느 날 갑자기 무심코 흘려 지나쳐 버리는 그런 소리로 들려 왔을 때, 다행이다 여겨야 하는데 그게 더 미칠 것 같아.

스스로를 설득시켜 가늘게 접어 두던 기억 하나가 허락도 없이 지워져 가는 것 같아서.

°눈물의 기억

눈물이 가슴을 지나쳐 눈망울에 머물러 마지막을 준비하며 흘러가기 전, 그 눈물이 눈물을 부여잡고 부탁을 한다. 계속 흘러 보내질 때마다 마음을 어루만져 주라고. 그래서 내려올 땐 기억 하나씩을 몰래 훔쳐 달아나 달라고. 아련한 기억으로 버텨 가는 걸 잘 알고 있지만, 사무친 가슴인 걸 알기에 눈물이 해 줄 수 있는 건 그저 내려올 때 조금씩 가져가는 것밖에는 없다 했다.

이제 그만하라 하지는 않아 주었다.

가끔은 내가 잠든 사이에 눈물도 눈물을 흘리기에 그만하라 할 수가 없다 하더라.

눈물도 그때의 그 눈물이 그립다 하더라.

°지금도 내 심장은 그래

심장이 갑자기 터져 버릴 것처럼 그때는 그랬었다. 억지로라도 시간이 슬프게 흐르고 있을 뿐이라 여기면서 타 들어가는 가슴만 어루만져 줄 수밖에 없었다.

그녀가 스쳐 있던… 허락되기까지 많은 인내가 필요했던 그 의자엔 잠시 머물 뿐이었지만, 서로가 지내왔던 그 시간들에 지쳐 버린 그녀와 나에겐 모든 게 멈춰 있는 것이 이상하지도 않았다. 그래도 그저 지켜낼 수 있다는 안타까운 고마움이 그렇게나 서러웠었다.

°빙의

처음엔 환청이라 여기며 스스로를 얼마나 탓했는지. 그렇지만 시간이 갈수록 그 환청이란 것이 더 가까이서 들려오길 간절히 바라고 있었다. 길을 걷다가 우연히 비슷한 목소리라도 들려 올 때면 몽유병 환자처럼 멍하니 그 목소리의 주인을 한동안 바라봤었다. 한마디만 더 뱉어 주길 기다리면서.

누가 봐도 미친놈이고 스스로 느껴 봐도 그런 모습이었지만, 인정하고 싶지 않았던 거다.

그렇게 되면 애태우는 마음까지 초라해질까 봐서. 아주 가끔씩 그렇게 그 목소리가 귓가에 들려왔다. 그 환청을 위안 삼아 노래했다.

'당신이 부르고 있었던 거야. 당신 목소리가 노래가 된 거였어. 부르고 나면 가슴이 먹먹해져서 눈가가 시려오지만, 내가 흘리는 그 그리움만큼, 당신. 잘 지내는 거지?'

°애달픈 새김

탁 탁탁 탁. 타다 닥. 타다 닥.

두 손으로 깊이 찍어 내는 타자기 소리는, 내 안타까움이 더욱 목 메일 때마다, 현란한 춤을 춰 준다. 새하얀 그 종이도 세월이 흐르고 흐르다 보면 낡은 가루처럼 흩어져 가겠지만, 그 낡은 종이에 새겨진 그리움은 많은 안정을 되찾은 아름다운 마음이 되어 있을 거라 믿어.

°폴라로이드

폴라로이드 사진을 참 좋아해. 마치 눈가에 눈물이 맺힌 듯이 찍혀서 나오는 것 같거든.

약간 번진 듯한 그런 느낌. 한동안, 여전히 바라보는 그 모습도 폴라로이드 사진기의 그 렌즈 같지 않았을까? 오랜만에 찍어 봤던 사진은 그때의 내 눈빛과 똑같았어.

눈이 되어 주고 있는 감사한 녀석.

분명, 내가 아니더라도 다른 누군가의 눈에도 같은 모습일 거야.

그 누군가도 나처럼 감사해하겠지.

나와 비슷한 울음이라면.

°기차가 느리면 위로가 돼

기차를 타고 떠도는 길.

마음에 담고 있는 대로 흘러가는 모습들.

슬프면 눈물 섞인 뿌연 풍경으로, 기쁘면 철부지 미소의 풍경으로.

중요한 건, 빠른 놈보단 느릿느릿한 놈으로 타야 한다는 것.

그래야 버리지 못해 끙끙거리는 변덕스런 고집을 그나마 달랠 수 있다.

여전히, 아직도 내 손엔 기차표가 두 장이야. 내 것만 편도인 채로.

이젠 무의식 중에도 나도 모르게 태우던 시간들은 꼭 보내고 있나 보다.

°피 묻은 입술*Blood stained lips*

미친놈처럼 음악을 듣고, 미친놈처럼 걷다가, 미친놈처럼 입술을 문지르고, 다시 또 물어뜯어.

질끈질끈 눈을 감는 게 아니라 입술이 찢겨 나가도록 습관처럼 물어뜯는 거야.

그렇게 하루에도 수십 번씩 피 묻은 입술을 하고 당신을 불러.

°망각의 강 *The river of oblivion*

부끄러운 듯, 사무치는 듯 기억의 강을 건너고 있다. 그저. 마음을 잠시 보내 보고 있다.

아주 잠깐의 스쳐 지나가지는 바람의 여행. 깊은 곳의 내면을 내어 놓기가 두려워. 누군가의 눈물이 보여져 내 눈빛에 닿을 때마다 가슴엔 바람만이 남겨진다.

숨을 작게 쉰다면 더 붉어질까? 꺼내어 만지고 싶어.

'언제나 그 자리에' 아름다운 말이지만, 침체로 머물러 있는 어리석은 마음가짐이기도 한.

모든 것을 지워 버리는 강. 삶의 기억 속에 한 부분의 소소한 단편들마저 남겨 두질 않는다.

기쁨인 동시에 절망을 안기는 거야. 결국 완벽한 지움은 죽음과 마찬가지가 되겠지.

먼 시간이 지나 그 강 앞에서 그때의 나를 만나게 된다면, 우린 서로 그 물 한 모금을 건넬 수 있을까?

°원해서 하는 일

멈출 수 있는 방법이 있다고는 생각하지 않았다.

어쩌면 멈추기 싫다는 마음이 더 크기에 적절한 핑곗거리를 대고 있는 건지도 모른다.

간절함에서 서운함으로, 다시 애틋함으로. 또다시 견뎌 내는 사랑으로.

그나마 혼자 하고 있으니 다행일지도.

할 수만 있다면 꼭 잊지 말아달라고 얘기하고 싶어 직접 눈앞에서.

부탁이란 표현이 더 어울리려나?

그게. 맞나?

°Lucid Dream

제일 확실한 방법인 거 같아서.

기억이 뒤죽박죽되어서 가끔 혼란이 오긴 하지만, 마지막 기억에 잠깐씩 머물 수 있다는 것이 그저 핑계 삼은 안도감인 거다. 어쩌면 자꾸 그 마지막의 기억을 바꾸려 그러는지도 모르겠다.

그 순간만은 완벽하게 바꾸고 싶은 거다.

그 안에선 가슴이 벅차.

그 안에선 내 부름에 달려와 안겨 있고, 내 등에 당신이 업혀 있지.

어느 한 순간도 우리가 아닌 것이 없어.

알아. 그저 꿈속이란 걸 잘 알지.

깨고 나면 어떤 것도 움직여지지 않았음을 알지만, 그걸 알고도, 그래도, 계속 꾸고 싶은 맘.

그런 꿈속마저도 제일 모질 때는, 내 눈물이 당신 손끝에 닿는 게 느껴질 때야. 만지려 해도, 어떻게든 스치려 해도 다 소용없는데, 내 눈가에, 내 가슴에 닿는 당신 손길은 느껴져.

그 안타까운 기억을 자꾸 품어서라도 미련할지도 모를 꿈속을 습관처럼 찾나 봐.

°거짓 담배연기

한숨이 자꾸 나오면 습관적으로 주위를 의식해서 멋쩍은 웃음을 짓게 된다.

주위의 시선은 걱정스러운 눈빛. 그걸 감추려고 한숨이 나올 때가 되면, 어색하게 담배 한 개비를 붙여 물고 연기를 길게 내뿜어 본다. 한숨을 가장한 담배연기. 나오는 연기도 자기가 한숨인 걸 아는지 고맙게도 유난히 크고 길게 뿜어 나와 준다.

그 담배를 다 피울 때까지 거짓 연기를 많이 뱉어 냈는데도 당신은 그 한숨 따라 나오질 않았어. 그래.

그냥 있어. 그것 또한 내 의지일 테니.

그 의지로 내가 내보내지 않은 걸지도 모르겠어.

꽤 괜찮은 핑곗거리.

하지만, 계속 그 핑계로 머물러야 하는.

°기억을 칠하던 날

　그녀를 알기 전, 날 사랑한다 했던 그 사람.

　지금의 내 사랑이 그러하듯 그 사람의 사랑도 많이 애태웠을까? 편안한 우정 안의 사랑도, 가족의 보살핌을 받는 사랑도 받아들일 수 없어, 눈이 향하는 시선조차도 마음대로 부를 수 없었던 그때. 그 사람의 사랑고백 또한 뚫려 있는 내 가슴에서 작은 것 하나 남겨짐 없이 지나가 버렸었다. 그 사람은 날 놓는 그날에도 날 위해 울고 있었고, 지쳐 있는 내가 안타까워 몇 번이고 내 손을 잡았다 놓기를 반복했다.

　지난 어느 날, 한 사람의 아내가 됨을 축하하며 선물을 건네려 만나게 된 그 자리엔 지금은 날 위로하는 눈빛이 된 그 사람이 앉아 있었고, 난 죽어 있던 내 삶의 모습 속에 그 사람이 있게 했던, 내 침묵이 찔러 버린 상처에 용서를 구했다.

　그 사람은… 쓰린 기억이지만, 현재는 추억 안에 내가 살아 있다 말해 주었고, 가끔씩은 웃음 짓는다 했다. 너는 그때의 자신처럼 포기하지 말라며 내 용기에 응원을 보내 주었다.

쉽지 않았을 텐데, 기억이 퇴색되어 가던 흐름에 그래도 나란 사람이 추억이란 색으로 살아 있게 해줌에 감사했다.

오랜만의 만남 뒤에 헤어지기 전, 그 사람은 다시 한 번 말했다. 아픈 게 당연할 테니 포기하지 말고 지키라고. 다시 살게 된 만큼 그녀와 꼭 행복해지라고. 그리고 자신의 사랑도 내 기억 속에 살아 있었으면 한다고.

그날. 그제야 그 사람이 쓰다 말았던 이야기가 완성될 수 있었다.

본인의 사랑을 완성하고, 예전의 짝사랑에게 위로와 응원을 보내주는 마무리로.

°해가 들려준 달과 별의 이야기

달빛이 길을 물어온다. 별을 잃어버렸다 했다. 구름 사이에 있는 걸 알면서도 차마 구름을 걷어 볼 수 없다 했다. 목이 메어도 별이 웃으면 눈물쯤은 웃으며 구름 사이의 이슬로 보내면 된다 했다. 그러곤 별이 빛을 잃을까 봐 온 힘으로 남은 빛 한 줌 전하고 해를 맞이하고 있었다.

별빛이 길을 물어온다. 달이 보고 싶다 했다. 포근한 구름 속에서 너무나 안아 주고 싶은데 차마 손 내미는 것을 안타까워했다. 애타게 그리워도 달이 울지 않는다면, 흐르는 은하수가 되어도 좋다 했다. 은하수가 되어 달의 설움을 대신 걷어갈 수 있다면.

그러곤 달이 가슴 시려할까 봐 잠이 든 달의 귓가에 사랑한다는 말 맺혀 주고, 해에게 잠시만 달을 부탁했다.

달의 몫과 별의 몫까지 은하수에 고이 흘려 보내고 올 때까지 해는 조용히 달을 안아 별에게 전했다.

그리고 그 둘을 따뜻한 가슴에 담아 멀리 보내 주었다.

°無

붉은 달에 맡겨 놓은 눈물을 찾으러 가는 호숫가의 좁은 길. 잔잔한 그 호숫가에 이름 모를 눈물들이 애처로이 불러 짖는다.

그리운 이 찾고 싶어 매달리는 몸짓은 안개가 되어 유유히 한 맺힌 춤을 춘다.

닿을 수 없는 곳에 작별의 손을 흔드는 흐느낌은 짙은 바람 소리가 되고, 깊이 젖어 버린 사무침은 흘러가는 강가의 소리로 떠내려가더니, 맡겨 놓은 눈물은 다시금 붉은 달의 노래로 잠시 지워져 가더라.

°안개의 노래

얼마나 슬프기에 비가 저리도 울어대는 걸까?

펑펑 울지 못해 숨죽여 부슬부슬 울어 내린다.

흐릿하던 안개는 어느새 내려와 안쓰러움에 목이 메어 나지막이 비를 부르고, 조심스레 품에 감사 안은 채 바람결에 흩어져 간다.

비를 보낸 안개는 차마 멀리 가지 못해 낮은 산등성이 손을 잡고 한 서린 노래를 부른다.

'가려무나. 가려무나. 이제 그만 가려무나.

눈물일랑 맡겨 두고, 달에게 먼저 가려무나.

가는 길. 마지막 널 안은 내 품 속의 서글픔은 기억해 주려무나.

해서 그치지 못할 아린 가슴이나마 가져가 주려무나.'

°편지의 여행

굳어지던 웃음의 편지를 건네던 그날의 하늘에도 여린 이슬이.

바람이 내리고 간 가슴속 책갈피 속에 맺혀진 이슬 한 장.

그 이슬 비추던 가로등 불빛.

손엔… 떨리는 힘없는 두 손엔, 먼 길 준비하는 내 그림자의 눈물.

바라보던 그 마음이 언제나 설레던 그 조그마한 잔디밭엔

많은 약속과 그리움을 함께 걸어 두며 심어 주었던 한 그루 나무.

사랑 빛 잔잔하게 투명이 물들어가는 노을의 손길에 남아 있는 시간을 맡겨 둔다.

그 나무에 걸러지던 그리움 한편의 조각조각 만들어진 작은 상자엔 마음 안의 촛불처럼 밝혀 두었던 추억 하나 같이 담겨, 쓸쓸함이 춤을 추는 한겨울의 눈밭에 잠들어 있는 나는 달 그림자가 맞이하는 노래 소리 따라 조용히 사랑 부르는 그곳에 다녀간다. 젖어버린 나의 아쉬움에 내리던 비는 서러움에 소리

를 더하고, 산자락 어느 한 곳에 머물 곳 없어 되새기며 떠돌건
내 끝자락의 빛은 강가에 내려와 하염없이 부르고 또 부른다.

　새벽녘 고요한 바다는 눈물이 되어 안기라 하네.

　그 바다에 나는 보이지 않네.

　남은 것은… 남긴 것은… 남겨진 것은… 바다.

　그날엔… 그곳엔… 그 시간들 속엔… 기억 속에 꽃 피워진
추억 속엔….

　고요히 잠이 든 사랑과 너와 내가 있었네.

　분명. 그러했네.

°한숨 인사

흐르던 눈물.

무심코 지나치려 한 그 흘림.

닦아 낼 수밖에 없었던 이야기.

주저앉은 슬픔도 당연한 듯 기쁨마저 참아 내었던.

그렇게 거니는 길가에 굳어 버린 붉어진 외로움 하나가, 떨어 뜨린 그리움을 담고 있다.

흔들리는 눈망울은 구름을 비스듬히 바라본다. 그 설움에 젖어 베개 삼아 베고 있는 듯이.

새 찬 눈보라가 무심코 지나간 여운에 실어 보내 줘야 한다. 나를.

차마 만져 보지 못할 사랑. 달빛이 흘려 버리는 눈물을 닦아 주려 밤하늘을 달래 본다.

견딤이 지친 마지막을 불러 이슬 되어 맺혀진 시간들이 감싸 는 듯 하나 남아 흩날리는 실핏줄 하나에 목이 메여 와.

언제나 살아 있었다 해도 남겨질 모습은 희미해져 한 띄워진 강물에 흩어질 바람.

서글픈 계절과 함께 보내 주던 이슬이 구름 꽃 피어난 쓸쓸한 날이면, 한숨이 그리운 꽃잎에 닿을 때마다 눈물 되어 흐릿한 눈가에 내린다.

그렇게 비가 아파한다.

꿈속에 머물다 그 꿈속의 꿈에 안겨 품에 잠든 채, 손을 흔들어 준다.

안녕을… 비운다.

°당신을 보내기 전,
먼저 남겨 보는 유서

새벽이 되면 난 작은 상자가 되어 너의 품에 안기겠지.

이슬마저 재가 되어, 초라해진 영혼 속의 온기만이 고운 두 손에 남겨진 채로.

얼마나 기다려지는지. 그 두 손. 그날은 내 사랑의 눈물이 한숨 짓겠구나.

그 눈물로 나를 잃어 가던 그 순간을, 내 모습을, 웃음과 함께했던 시간들을 조금씩 씻어 내리면 될 거야.

부디 그날까지만 눈물이기를.

널 만나러 오는 날에 영혼의 나의 모습마저 그 눈물에 가려 흐려지면 안 되거든.

빗속에 담긴 채 네 곁을 찾을게.

그리고 넌 또 다른 모습으로 다시 행복해야 해.

어두운 밤에만 볼 수 있다 해도 좋아. 우리 그리움이 더 밝으니까.

오랜 시간이 지나 함께하는 그날이 오는 그때에는 너 오는 길 외롭지 않도록 하늘 끝 노을 되어 널 안을 거야.

너의 향기가 스며 와. 분명 네가 맞아.

끝자락에 닿을 만큼 흩날리는데, 모습은 눈물에 아련히 지워져.

무지개 빛을 따라 잠시 머물다 가는 길, 너의 향은 늘 그러하듯 몇 걸음 뒤에서 가녀린 발자국을 남기고 있어.

고운 풀잎에 젖어 흐르는 기억 하나 꺼내어 너의 이름을 불러 본다.

너를 남겨 둔 곳에 사랑했던 그 마음으로 나를 심으리라.
이 마음 다시 찾을 때는 내 안에서 따뜻이 녹여 주리라.
내 마음 심은 곳에 두 송이 꽃을 피워 내 사랑도 전해 주리라.
미처 내리지 못하는 날엔 내 모습 넘칠 만큼 담아 햇살 비추
는 날, 따스한 안부 물으리라.
기도하리라.
그렇게 그려 가며 간절하리라.

당신도.
가는 길, 이런 마음이었니?

°도착 그리고… 처음으로

Arrival and for the first time

뚜렷이 기억이 나진 않지만, 글을 쓴 사람은 그 글에 말이 많
으면 안 된다고 들었던 기억이 있습니다. 제 글에 말이 많았다
면 혹여 못난 미련에 직접 그녀 앞에선 전하지 못한 말들이 있
기 때문이란 생각의 핑계를 대어 봅니다. 말이 많았음을 부디
용서하세요.

아무렇게나 어떤 식으로든 내팽개쳐져 버려져도 하나도 이
상할 것 없는 초라한 마음입니다.

하지만, 이슬이 안개 되어 내려 준 그런 물안개 속에 그녀가
피어나 마음이 전해질 수 있어 얼마나 감사한지 모릅니다.

이 책은 여전히 비가 젖어 드는 가슴에 데려다 놓았던 제 아
픈 지난 시간들의 울음과 그녀에게 걸고 있는 그리움을 안아
주고 놓아 준 처음이자 마지막의 글로 쓴 마음입니다.

붉은 달빛이 눈부십니다.

나와 이름이 같았던 못난 친구를 그리며 흘려보내는 제 눈물의 빛입니다.

마음은 제 품에 녹아 있는 따뜻한 하얀 빛으로 전합니다.

하늘을 바라봅니다.

푸르게 내리는 떨림으로 그녀를 위한 여정을 내딛습니다.

들리나요? 오늘도.

김단